ANGELA LAUTENSCHLÄGER

Zwei Katzen und das Weihnachtsglück

ROMAN

rütten & loening

FSC
www.fsc.org
MIX
Papier aus verantwortungsvollen Quellen
FSC® C083411

ISBN 978-3-352-00669-2

Rütten & Loening ist eine Marke der Aufbau Verlag GmbH & Co. KG

1. Auflage 2015

Einbandgestaltung www.buerosued.de, München
Gesetzt aus der Minion Pro durch Greiner & Reichel, Köln
Druck und Binden CPI books GmbH, Leck, Germany
Printed in Germany

www.aufbau-verlag.de

16.

Dezember

Es hatte geschneit. Der kalte Lufthauch, der durch die Fensterritze zog, konnte Bruno nicht viel anhaben. Sein grauer Pelz war mit einer Fettschicht unterfüttert, und beides zusammen wärmte ihn gut. Außerdem hatte sein Mensch den Heizkörper unterhalb des Fensterbretts ganz aufgedreht, und die aufsteigende warme Luft machte ihn schön müde. Dass er nicht richtig schlief, war seiner Schwanzspitze anzusehen, die leicht hin und her schwang. Bruno war etwas unruhig. Seit sein Mensch Paul sich plötzlich an die Brust gefasst hatte, umgefallen war und kein Wort mehr gesprochen hatte, war nichts mehr wie früher. Aber die neueste Entwicklung beunruhigte ihn noch mehr. Heute waren diese Leute hier eingefallen, die sein Mensch, wenn sie unter sich gewesen waren – und sie waren eigentlich immer unter sich gewesen – *das Pack* genannt hatte. Im Moment waren sie im Obergeschoss, wo er ihre Schritte hören konnte. Seine Ohren drehten sich zur Tür, als er sie die Treppe herunterkommen hörte.

Bruno öffnete ein Auge.

»Das ist doch ein Fass ohne Boden!«, rief die Frau, die als Erste das Zimmer betrat. Soweit Bruno erinnerte, war sie das Kind von Pauls Bruder. »Die Heizungsanlage, die Elektrik!« Sie warf die Arme in die Luft. »Und die Fenster!« Sie ging auf den jungen Mann zu, der ratlos im Raum stand. »Sag du doch auch mal was, Stefan! Du bist doch vom Fach.«

Der junge Mann hob ratlos die Schultern.

»Typisch.« Sybille äffte ihn nach. »Das ist alles, was du dazu zu sagen hast.«

Es kam noch ein dickerer Mann herein, der mit dem Finger gegen den Sekretär schnippte, an dem Paul Schuster immer gern gesessen hatte. »Das ist auch alles Plunder.«

»Mann, ist das heiß hier.« Die Frau kam Bruno unangenehm nahe. »Kein Wunder, die Heizung ist voll aufgedreht. Da wird die Straße gleich mitgeheizt.« Zu Brunos Verärgerung drehte sie die Heizung aus und öffnete das Fenster neben ihm. »Ich lass mal frische Luft rein.« Sie ging zu der Schrankwand hinüber und riss die erste Schublade auf. »Na, immerhin Silberbesteck.«

»Ist heute auch nichts mehr wert«, brummte der Dicke.

»Osterdeko, alte Tischdecken. Hier gibt's nur Schrott«, beklagte sich Sybille.

Der Dicke öffnete die Klappe des Sekretärs und wühlte in den Papieren. Irgendwie hatte Bruno das Gefühl, dass es Paul überhaupt nicht recht wäre, was dieses Pack hier trieb. Sybille hob Kissen hoch und sah unter die Kommode. Der Dicke nahm einen Kalender in die Hand und klappte ihn auf. Ein Blatt Papier fiel heraus und segelte durch die Luft, ehe es vor Stefans Füßen auf den Boden sank. Er bückte sich, um es aufzuheben, aber bevor er einen Blick darauf werfen konnte, riss Sybille es ihm aus der Hand. Sie las es und wurde weiß wie die Wand.

»Was ist?« Die Stimme des Dicken klang drohend.

Bruno öffnete auch das zweite Auge.

»Das glaube ich jetzt nicht! Jetzt geht es ja wohl los!« Sybille gab dem Dicken das Papier. Der wurde schlagartig knallrot im Gesicht.

Bruno hob den Kopf.

»Was ist denn?«, fragte Stefan.

»Was los ist? Dein bekloppter Onkel hat alles dieser Dings vermacht!«

»Wem?«, fragte Stefan arglos.

»Na, dieser Dings. Ist doch auch egal. Weißt du, was das heißt? Das alles hier soll jemand kriegen, der nicht mal mit Paul verwandt war.«

»Das kann er doch nicht machen«, stieß der Dicke hervor.

Sybille bekam schmale Augen. »Nein, das kann er nicht machen. Vielleicht hat er es ja auch gar nicht getan.«

»Wie?« Auf dem Gesicht des Dicken zeigte sich ein hässliches Grinsen. »Du meinst …«

Sybille hob eine Augenbraue.

»Das könnt ihr nicht machen«, rief Stefan, der endlich verstanden hatte.

Schlagartig veränderte sich etwas im Raum. Brunos Fell zuckte, als habe ihm eine kalte Hand darüber gestrichen. Eine Weile sahen sich die Menschen still an. Als es an der Tür läutete, zuckten alle zusammen.

»Verdammt, wer ist das denn?« Der Dicke legte das Papier auf die Schreibfläche des Sekretärs, und sie gingen hinaus, um nachzusehen. Wie immer, wenn die Haustür geöffnet wurde, ging ein Luftzug durch den Raum, diesmal verstärkt durch das geöffnete Fenster. Die Luftzirkulation hob das Blatt von der Tischfläche an. Wieder segelte es durch die Luft, aber diesmal nicht elegant schwebend. Es kam ins Trudeln und landete neben der Kommode. Bruno erhob sich, streckte erst seine Vorder-, dann seine Hinterläufe, anschließend machte er einen Katzenbuckel, sprang von der Fensterbank und legte sich auf den Boden neben die Kommode. Sein massiger Körper verbarg das offenbar so wichtige Schriftstück und schützte so Paul Schusters Letzten Willen. Die drei kehrten erst zurück, als er sich bequem eingerichtet hatte.

»Herrje, jetzt müssen wir uns auch noch um dieses Katzenvieh kümmern.«

»Na, immerhin hat die Nachbarin den Kater schon in

den letzten Tagen gefüttert, und wenn sie jetzt in den Urlaub fährt …«, wandte Stefan ein.

»Dann pack das Vieh ein. Wir bringen es ins Tierheim.«

»Wir könn…«

»Wo ist das Testament?«

»Was?« Sybille wandte sich ihrem älteren Bruder zu. »Das hast du doch eben auf den Tisch gelegt.«

»Richtig, und da ist es nicht mehr.« Der Dicke sah von Sybille zu Stefan. Der hob die Arme. »Ja, ich hab's bestimmt nicht. Ich war mit euch im Flur draußen.«

»Ach, und das soll wohl heißen, dass ich es habe, oder wie?« Sybilles Stimme klang schrill.

»Immerhin hast du vorgeschlagen, es zu zerreißen.«

Sybille verschränkte die Arme. »Vorgeschlagen ja, aber keine Gelegenheit gehabt.« Sie warf Stefan einen bösen Blick zu. »Und es gab ja einen Anständigen hier im Raum, der das verhindern wollte.«

Der Dicke sah auf seine Armbanduhr. »Ich hab jetzt keine Zeit mehr, um mich mit euch zu streiten. Ich schlage vor, wir treffen uns morgen Vormittag wieder hier. Und dann liegt das Testament hier auf dem Tisch.« Er schlug mit der flachen Hand auf die Tischplatte und verließ den Raum.

»Richtig.« Sybille folgte ihm.

»Und die Katze?«, rief Stefan den beiden hinterher.

»Darum wolltest du dich doch kümmern«, rief Sybille Stefan zu.

Der stand eine Weile mit hängenden Schultern im Raum. Dann ging er in den Keller und kehrte mit dem Katzenkorb zurück. Ungeschickt hob er Bruno an. Der hing etwas unbequem in seinem Griff, als Stefan innehielt. Er ließ den Kater mit einer Hand los und griff nach dem Testament. Es kam Bruno so vor, als wäre ein Lächeln über das Gesicht des jungen Mannes gehuscht.

Endlich schien ihr Traum in Erfüllung zu gehen: Lisa hatte genug gespart, die Bank gab ihr auch noch etwas dazu, und heute hatte der Vermieter angerufen und ihr den Zuschlag gegeben. Sie konnte jetzt ihr Café mit Blick auf den See eröffnen! In ihrem Kopf schwirrten die Gedanken und Ideen durcheinander. Sie würde es mit Korbstühlen möblieren und Palmen aufstellen. Oder nein, besser Holzstühle mit Armlehnen und schlichten Tischen. Vielleicht aber auch ein Sammelsurium aus alten gepolsterten Stühlen und zweisitzigen Sofas. Und Cupcakes und Möhrenkuchen würde es geben, und bestimmt gab es auch ein Rezept für irgendetwas Veganes. Bei ihr sollte sich jeder wohl fühlen. Und jetzt wollte sie als Erstes Nina anrufen und ihr alles erzählen, dann konnten sie gemeinsam Pläne schmieden.

Als sie ihr Smartphone aus der Manteltasche zog, läutete es. »Nina! Das ist Gedankenübertragung, ich wollte dich auch grade anrufen. – Nein, du zuerst.«

Sie konnte ihre Freundin kaum verstehen, so sehr schluchzte sie. Lisa gelang es nicht, sie zu beruhigen.

»Mein Vater ist tot«, schluchzte Nina schließlich.

»Das tut mir so leid, Nina. Ich verstehe gar nicht. Was ist denn passiert?«

»Er ist einfach umgefallen. Sie denken, dass es ein Herzinfarkt war.«

»Und was ist jetzt mit deiner Mutter?«

»Können wir uns sehen?«, bat Nina.

Wenig später saßen sie sich in einem kleinen Lokal gegenüber. Nina sah schrecklich aus. »Du musst mir helfen«, sagte sie.

»Ich tue, was ich kann.«

Nina atmete tief durch und rieb sich die Augen. »Mama kann nicht alleine bleiben. Ihre Demenz ist so weit fortgeschritten, dass sie nicht alleine wohnen kann. Papa hat alles gemacht. Er hat sie gepflegt, den Haushalt erledigt und auf sie aufgepasst, damit sie nicht wegläuft. Ich werde sie jetzt zu uns holen. Aber ich weiß gar nicht, wie das gehen soll. Wir haben doch gar keinen Platz. Wir werden das Dach ausbauen müssen, damit die Kinder da einziehen können, und Mama kommt dann in eines der Kinderzimmer.« Sie schniefte. »Und das alles jetzt, wo Klaus arbeitslos ist. Lisa, wir können uns das gar nicht leisten.«

Es dauerte nicht sehr lange, bis Lisa ihrer Freundin ihr Erspartes anbot, um den notwendigen Umbau vorzunehmen.

»Ich weiß gar nicht, wie ich dir danken soll«, schluchzte Nina und legte Lisa die Hand auf den Unterarm. »Darf ich dich trotzdem noch um etwas bitten?«

Lisa nickte.

»Du musst Daisy nehmen.«

»Deine Katze?«

»Sie ist krank, Lisa. Sie braucht besondere Aufmerksamkeit und vor allem zweimal am Tag eine Spritze.« Nina sah erschöpft aus. »Das schaffe ich nicht auch noch.«

So schnell konnte ein Traum zerplatzen. Eben noch hatte Lisa sich als Café-Besitzerin gesehen, und jetzt war sie Katzenbesitzerin, die weiter einem Traum nachhängen würde.

17.

Dezember

Am nächsten Morgen brachte Nina ihr die Katze. Sie hatte es eilig, weil sie weiter zu ihrer Mutter wollte. Deshalb stellte sie nur den Katzenkorb, das Katzenklo, Futter und einige andere Utensilien ab.

Lisa atmete tief ein, ehe sie die beiden Hebel des Korbes löste und die kleine Gittertür öffnete. Sie trat einen Schritt zurück und wartete ab. Aber es passierte nichts. Sie kniete sich neben den Korb und warf vorsichtig einen Blick hinein. Bei ihren Besuchen bei Nina hatte sie die Katze schon gesehen. Das cremefarbene Knäuel, das sich im hinteren Teil des Korbs in die Ecke gequetscht hatte, hatte keine Ähnlichkeit mit dem selbstbewussten Wesen, das sie dort kennengelernt hatte. Vermutlich war es das Beste, das verängstigte Tier erst einmal in Ruhe zu lassen. Lisa ging an ihren Schreibtisch, der im Schlafzimmer unter dem Fenster stand.

Daisy war nicht sehr erbaut von den jüngsten Entwicklungen. In ihrem Zuhause hatte in den letzten Tagen ein chaotisches Tohuwabohu geherrscht, mehr noch als ohnehin schon durch die Kinder. Ihre Menschin hatte ständig geheult und sie ziemlich vernachlässigt. Das einzig Positive war gewesen, dass sie ein paar Mal vergessen hatte, sie zu pieksen. Nun gipfelte das ganze Ungemach offenbar darin, dass sie auch noch aus ihrem Zuhause hinausgeflogen war. Irgendwann hatte Daisy keine Lust mehr, sich in ihrem

Korb zu verstecken. Und natürlich trieb sie auch eine gewisse Neugier hinaus. Geduckt und langgestreckt setzte sie eine Pfote auf den weichen Flurteppich. Sie ging zur Wand hinüber und drückte sich daran entlang in den nächsten Raum. Dort stand ein riesiger grüner Baum, daneben Kästen mit bunten Kugeln und – wie Daisy entzückt feststellte – langen silbernen Fäden. Sie streckte die Pfote aus und ließ einige Fäden durch ihre Krallen gleiten. Auch so etwas, was in ihrem bisherigen Zuhause in diesem Jahr fehlte. Jedes Jahr wurde so ein Baum aufgestellt und mit buntem Zeugs behängt. Und es standen brennende Kerzen herum so wie hier. Eigentlich ganz gemütlich und warm. Daisy hielt inne. Und es gab noch etwas, was wie zu Hause war. Die Frau nebenan weinte. Daisy ging hinüber in den anderen Raum und warf einen Blick auf die Frau, die in den Papieren auf dem Tisch herumwühlte und leise vor sich hin schluchzte.

Katzen lieben Veränderungen nicht besonders, und was das anbetraf, war Bruno eine typische Katze. Nachdem vor fünf Jahren Pauls Lebensgefährtin Ruth gestorben war, war Bruno in Pauls Leben getreten, weil so ein Mann allein schlecht zurechtkam. Er und sein Mensch hatten es sich so bequem wie möglich gemacht. In seinem umgerechnet elfeinhalb Menschenjahre währenden Katzenleben hatte Bruno sich an einen gemütlichen Lebensstil gewöhnt, angepasst an seine Bedürfnisse. Und die waren bei Paul eigentlich befriedigt gewesen. Nur sehr selten war es erforderlich gewesen, Paul morgens durch intensives Lecken der Nase darauf aufmerksam zu machen, dass sein Napf leer war. Meist hatten Paul und Bruno sich gemeinsam in der Küche eingefunden, wo Paul Brunos Napf befüllt hatte, während der Kühlschrank leise vor sich hin gebrummt hatte. Paul hatte auch oft vor sich hin gebrummt oder leise mit sich selbst gesprochen. Eine angenehme Geräuschkulisse, in die Bruno gern mit einem behaglichen Schnurren eingestiegen war. Anschließend hatte Paul mit einer letzten Tasse Kaffee im Wohnzimmer Zeitung gelesen, während Bruno seinen Platz auf der Fensterbank eingenommen hatte. Dabei war er entweder so müde geworden, dass ihm die Augen zufielen, oder draußen hatte etwas seine Aufmerksamkeit erregt, ein Schmetterling, einer seiner Kumpels aus den Nachbargärten oder ein Sonnenstrahl, der auf ein besonders lauschiges Plätzchen schien. Am Abend hatte Paul meist auf dem Sofa gesessen, in den Kasten, aus dem Bilder und Musik kommen, geguckt, und gemeinsam hatten sie der Nachtruhe entgegengedämmert.

Manchmal hatte Bruno seinen Platz auf der Fensterbank verlassen, war zu Paul aufs Sofa gesprungen, hatte sich an dessen Oberschenkel geschmiegt und sich intensiv von Pauls rauen Händen Bauch- und Nackenfell kraulen lassen. In der Rückschau betrachtet optimale Katzenbedingungen. Damit konnte dieser Typ, mit dem er plötzlich zusammenhauste, wirklich nicht mithalten. Mal abgesehen davon, dass der offenbar in einer riesigen Lagerhalle oben im Himmel zu wohnen schien, hatte der nicht mal einen vernünftigen Garten. Nur dieses dreieckige gepflasterte Nichts, was der Mensch als Dachterrasse bezeichnet hatte. Es gab auch keine Fensterbank, auf der man es sich hätte bequem machen können. Nur rundherum Fenster von der Decke bis zum Boden. Nirgends gab es Teppiche, überall rutschte man auf dem glatten Boden aus. Bruno war geradezu empört über die jüngsten Entwicklungen. So etwas machte man nicht mit einer alteingesessenen Katze. Es war ausgesprochen schwierig, in dieser unwirtlichen Umgebung ein heimeliges Plätzchen zum Nachdenken zu finden. Aber nach einigem Suchen fand Bruno selbst in dieser kargen Behausung ein gemütliches Fleckchen.

Stefan fand Bruno in dem Haufen schmutziger Wäsche vor der Waschmaschine im Bad.

»Oh, Mann«, sagte er, als er zum Klo ging. »Jetzt guckt mir schon eine Katze beim Pinkeln zu.«

Schlimmer als dieses konnte ein Jahr nicht zu Ende gehen. Gleich zu Jahresbeginn hatte Sabine ihn verlassen, dann war das Architekturbüro, in dem er angestellt gewesen war, pleite gegangen und er arbeitslos geworden und jetzt noch diese Sache mit der Erbschaft. Er umrundete die Katze und ging zum Waschbecken. Genau genommen war es keine Erbschaft, auch wenn er das Geld im Moment ausgesprochen gut gebrauchen konnte. Bald würde er die Raten für das Loft nicht mehr bezahlen können. Dann wäre er auch noch obdachlos. Stefan trocknete sich die Hände und ging in die Küche. Nur das Bad war ein abgeschlossener Raum. Alle anderen Bereiche waren im Loft durch Raumteiler oder Schränke voneinander abgetrennt. Die Küche bestand aus einem großen Küchenblock mit elektrischen Geräten, Schränken an der Wand und einem Tresen, der die Küche vom Wohnbereich abtrennte. Er hatte sich am Vortag ein bisschen Salami und Schinken vom Delikatessenladen gegönnt. Einfach, um nicht das Gefühl von drohender Armut zu haben. Er war sich sicher gewesen, dass er beides auf dem Teller auf der Arbeitsplatte angerichtet hatte. Aber der Teller war leer. Sein Blick wanderte zum Katzennapf. Der war auch leer. Verflucht! Er hatte vergessen, die Katze zu füttern. Er musste sich das aufschreiben, damit so was nicht noch mal passierte. Mit einer Tasse Espresso ging er zu dem Schreibtisch hinüber, der am Südfenster stand. Er nahm ein Blatt Papier und schrieb *Katze füttern* darauf. Den Zettel pinnte er an die Kühlschranktür. Anschließend trank er noch einen Schluck Espresso. Auf dem Schreibtisch lagen lauter geordnete Stapel. Formulare, die er für sein ehemaliges Arbeitsverhältnis ausfüllen musste, Teile des Konzepts für seine geplante Selbständigkeit und Entwürfe für seinen ersten Auftrag als selbständiger Architekt. Sein Blick fiel auf das Testament, das er in eine Plastikhülle gesteckt hatte. Er nahm es in die Hand und sank auf seinen Drehstuhl. Onkel Paul. Stefan hatte den Bruder seines Vaters als Kind recht gern gehabt, vielleicht weil er einfach ein bisschen anders gewesen war als die anderen und sich nicht an den vorgeschriebenen Lebensweg Heirat, Kinder, Hausbau gehalten hatte. Seine Freundinnen hatte er häufiger gewechselt, bis Ruth zu ihm gezogen war. Stefan war damals noch klein gewesen, und seine Eltern und Paul hatten sich noch verstanden. Bei ihren Besuchen hatte er auch Ruths Tochter Elisabeth kennengelernt, die etwas jünger als er gewesen war. Dann hatte sein Vater sich mit Paul zerstritten, und von einem Tag auf den anderen war ihm und seinen Geschwistern der Kontakt zu Paul untersagt gewesen. Seine Eltern hatten einfach nicht mehr über Paul gesprochen, und Stefan hatte bis heute keine Ahnung, worüber sich die Brüder eigentlich gestritten hatten. Offenbar hatte Paul Elisabeth als seine Tochter betrachtet. *Meine Alleinerbin soll Elisabeth sein, die Tochter meiner verstorbenen Lebensgefährtin Ruth,* stand dort.

Stefan bemerkte aus dem Augenwinkel eine Bewegung. Der dicke graue Kater hatte sich zu seinen Füßen gesetzt und sah zu ihm auf. Irgendetwas hatte diese Katze an sich. Schon als er sich in Pauls Haus mit seinem mächtigen Körper auf das Testament gelegt hatte, hatte Stefan so eine Ahnung gehabt, und jetzt, wo er es las, war der Kater wieder zur Stelle. Stefan blickte in die unergründlichen grünen Katzenaugen.

»Weißt du mehr als ich, oder hast du einfach nur Hunger?« Er tätschelte der Katze den Kopf.

Er hatte sich aus Katzen bislang nichts gemacht und wusste auch nichts über sie. Stefan klappte seinen Laptop auf und ging ins Internet. Die Eingabe des Wortes *Katze* in die Suchmaschine ergab 32 900 000 Einträge.

»Gibt offenbar viel über euch zu lernen.« Erneut tätschelte er Bruno den Kopf. »Aber jetzt muss ich erst mal los.«

Seine Geschwister waren schon da. Sybilles SUV stand in der schneebedeckten Einfahrt direkt am Haus, Peters Mercedes dahinter. Sybille war natürlich als Erste gekommen. Die Haustür stand offen, daneben gefüllte Mülltüten und Kartons. Stirnrunzelnd trat er ein.

Er fand Sybille in der Küche. »Was macht ihr hier?«

»Endlich bist du da! Müssen wir alles alleine machen?« Sybille sah ihn empört an.

»Was müsst ihr alleine machen?«

Sie hatte alle Küchenschränke aufgerissen und das Geschirr auf dem Küchentisch gestapelt. Eine Blechdose landete in einer Mülltüte. »Wenn du endlich heiraten würdest, hätten wir die Munition für den Polterabend schon zusammen.« Sybille trug Plastikhandschuhe, ihr Haar war ungeordnet.

Stefan breitete die Arme aus. »Ihr könnt das nicht machen, Sybille. Es gehört euch nicht.«

Seine Schwester stemmte die Hände in die Hüften. »Ach nein? Wer sagt das?«

»Das Testament.«

Sybille kam dichter an ihn heran. »Das Testament ist weg.«

»Das äh …« Verdammt! Da hatte er sich ja in eine saublöde Situation gebracht. Aber wenn er ihr jetzt sagte, dass das Testament bei ihm zu Hause auf dem Tisch lag, würde sie nicht aufhören, ihn zu bedrängen. Und er musste erst einmal in Ruhe darüber nachdenken, was er damit anstellen sollte.

Peter kam mit schweren Schritten die Kellertreppe hoch, die Ärmel seines blauen Oberhemdes hochgekrempelt, die Anzughose schmutzig. Seine Frau Margret würde schimpfen. »Da unten ist nur Plunder.« Er ließ sich erschöpft auf einen Küchenstuhl fallen. »Hör auf«, sagte er zu Sybille. »Da muss eine professionelle Entrümpelungsfirma ran.«

»Wir sollten vielleicht nicht allzu viel verändern, solange nicht klar ist, wem das alles jetzt gehört«, wandte Stefan ein. Er hatte sich gegen den alten Küchenschrank gelehnt und seine Worte eher an Peter gerichtet. Vielleicht war der einsichtiger als seine Schwester.

»In der heutigen Zeit wäre es nicht sinnvoll, das Grundstück zu verkaufen. Das Geld, das wir dafür kriegen, ist sowieso im null Komma nichts flöten«, überging Peter Stefans Einwand. »Du könntest doch eine Bauvoranfrage machen. Wenn man hier ein Mehrfamilienhaus hinstellen kann, gründen wir eine Gesellschaft bürgerlichen Rechts und teilen uns die Mieteinnahmen.«

Stefan war viel zu perplex, um auf diesen Vorschlag zu antworten, Sybille sah ihren älteren Bruder interessiert an. »He, du hast dir ja richtig Gedanken gemacht.«

»Warum macht ihr das?«, fragte Stefan empört. »Ihr habt doch alles.«

Peter machte eine wegwerfende Handbewegung. »Du hast doch keine Ahnung.« Er kniff die Augen zusammen. »Du wolltest doch heute das Testament wieder zurücklegen. Hast du das getan?«

»Eben«, entgegnete Stefan. »Solange das Testament nicht wieder da ist, können wir hier nicht anfangen, alles zu verteilen.«

Sybille knotete die Mülltüte zu. »Michael hat gefragt, worüber wir uns eigentlich aufregen. Wenn dieses verdammte Testament weg ist, ist es doch umso besser für uns. Wir sind Pauls einzige Angehörige und erben alles.« Sie stellte die Tüte in die Ecke. »Bringt mal morgen eure Geburtsurkunden mit. Die Urkunden unseres Vaters habe ich zu Hause, noch von seiner Beerdigung. Damit gehe ich dann zum Gericht und beantrage den Erbschein, und dann gehört alles uns.« Sie rollte eine weitere Mülltüte von der Rolle ab. »Also, ich finde Peters Idee ziemlich gut. Stefan, du kannst dich doch mal mit dem Grundstück hier befassen und dir Gedanken darüber machen, was man hier bauen kann.«

Stefan verließ kopfschüttelnd die Küche. Jetzt wusste er wieder, warum er sich mit seinen Geschwistern eigentlich nur zu Geburtstagen und Weihnachten traf. Und Weihnachten war bald. Ihm grauste davor, das Fest mit den beiden damit zu begehen, über die Erbschaft zu reden. Die Suche im Wohnzimmer hatten die beiden offenbar schon abgeschlossen. Auf der Schreibplatte des Sekretärs lagen das Heft mit den Kontoauszügen und ein Sparbuch. Auf beiden Konten befand sich nicht viel, und offenbar hatten die beiden schnell das Interesse daran verloren und konzentrierten sich lieber auf das Grundstück. Stefan ging zur Fensterbank und nahm die Decke hoch, auf der der Kater immer gelegen hatte. Er würde sie mitnehmen, ehe sie Sybilles Wegwerfaktion zum Opfer fiel.

»Ich bin dann wieder weg.« Er verließ das Haus, ehe sie ihn zurückhalten konnten.

Auf dem Heimweg fuhr er noch in einem Zoogeschäft vorbei. Für einen neuen Hausbewohner, ob Baby oder Katze, brauchte man vermutlich eine Erstausstattung. Er ließ sich von der freundlichen Verkäuferin ausführlich beraten. Als er die Tüten mit seinen Einkäufen im Wagen verstaute, fragte er sich, ob er sich tatsächlich objektiv hatte beraten lassen.

Lisa hatte sich eine Kanne Tee gekocht und lag in eine Wolldecke gewickelt auf dem Sofa. Sie hatte es erst mit einem heiteren Familienfilm probiert, aber das hatte ihr ihre unglückliche Situation noch deutlicher vor Augen geführt, weshalb sie sich für einen Liebesfilm entschieden hatte. Sie kannte den Film und wusste genau, wann es Zeit war, ihn abzustellen, nämlich auf dem Höhepunkt des Unglücks der beiden Protagonisten. Es war schlimm, aber die Tatsache, dass die beiden sich in einer völlig ausweglosen Situation zu befinden schienen, half ihr am besten, sich selbst besser zu fühlen. Aber so weit war es noch lange nicht. Jedenfalls konnte sie noch nicht aufhören zu heulen. Die Box mit den Papiertüchern war beinahe leer. Schon mehrfach hatte sie den Film zurückspulen müssen, weil sie nichts mitbekommen hatte. Und das Schlimme war, dass eine Szene, ein Gesichtsausdruck oder eine Redewendung sie daran erinnerten, was sie hinter sich hatte und damit ihr Unglück sofort wieder akut werden ließ.

Die Katze hatte sie völlig vergessen. Daisy war offenbar abgetaucht, nachdem sie sich am Morgen aus dem Transportkorb geschlichen hatte. Zumindest hatte Lisa sie seither nicht mehr gesehen. Aber jetzt spürte sie eine Bewegung, und als sie den Kopf ein bisschen anhob und zur Tür sah, entdeckte sie das cremefarbene Köpfchen, das sich am Türrahmen schubberte. Die Katzenaugen waren beinahe geschlossen, und Lisa hörte sie leise schnurren.

»He, gefällt es dir hier vielleicht?« Lisa schob vorsichtig die Decke von ihren Beinen und setzte sich auf. Sie beugte sich vor und rieb die Finger aneinander.

Die Katze streifte an der Ecke des Regals entlang und am Tischbein des Couchtisches, ehe sie den Hals vorreckte und vorsichtig an Lisas Fingern schnupperte.

»Kennst du mich noch? Ich bin doch manchmal bei Nina zu Besuch«, sagte Lisa leise.

Daisy kam näher und schmiegte ihren Kopf in Lisas Handfläche. Lisa, deren Tränen gerade wieder getrocknet waren, begann vor Rührung zu weinen. Vorsichtig löste sie ihre Hand und strich der Katze über den Kopf. Sie hatte ein weiches seidiges Fell. Nina hatte mal erzählt, dass es unter Daisys Vorfahren vermutlich eine Perserkatze gegeben hatte.

»Falls ich nicht sehr gastfreundlich bin, bitte ich das zu entschuldigen.« Lisa zog die Hand zurück, um sich zu schnäuzen.

Daisy strich an ihr vorüber und sprang auf den Sessel, den sie eine Weile mit den Pfoten bearbeitete, ehe sie sich umständlich hinlegte. Lisa nahm sich ein Stück Schokolade.

»Wenn man es genau nimmt«, erklärte Lisa der Katze, »befinden wir uns beide in einer beschissenen Situation. Du hast dein Zuhause verloren, und ich stehe ohne Zukunft da. Eine Wohnung habe ich zwar noch, aber keine Arbeit mehr. Die habe ich aufgegeben, weil ich mich ja eigentlich selbständig machen wollte.« Bei dem Gedanken daran, dass sie ihren letzten Job, den sie so geliebt hatte, aufgegeben hatte, weil alles für ihr eigenes Café in trockenen Tüchern gewesen war, musste sie gleich wieder losheulen. Daisy hatte den Kopf auf die Vorderpfoten gelegt und die Augen geschlossen.

»Deine Nerven möchte ich haben«, stellte Lisa neidisch fest. »Offenbar gewöhnst du dich an neue Lebensumstände sehr viel besser als ich.« Die Aussicht darauf, die kommenden Wochen heulend auf dem Sofa zuzubringen und mit einer Katze zu sprechen, ließen ihr gleich wieder die Tränen in die Augen schießen. Dabei sollte sie eigentlich glücklich darüber sein, dass sie in der Lage gewesen war, Nina zu helfen. Ohne Lisas Geld hätte Nina ihren Plan, ihre Mutter bei sich aufzunehmen, nicht umsetzen können, und sie hätte ihre Mutter in einem Heim unterbringen müssen. Eine schreckliche Vorstellung, und die Tatsache, wie viele Menschen sie mit ihrem Geld glücklich gemacht hatte, verbesserte Lisas Laune etwas. »Ganz offensichtlich wurde mein Geld jetzt für einen sehr viel wichtigeren Zweck gebraucht.« Auf keinen Fall wollte sie zulassen, dass sie ihre Großzügigkeit bereute, denn dass ihr Angebot an Nina richtig gewesen war, das wusste sie ganz sicher. Es war nur so, dass ihr eigenes Café ihr über eine sehr schmerzhafte Erfahrung hätte hinweghelfen können, und diese Heilung musste nun erst einmal zurückstehen. Niemals durfte Nina davon erfahren, dass Lisa ihretwegen ihren Traum vom eigenen Café erst einmal zurückgestellt hatte. Und aus diesem Grund musste sie dringend dafür sorgen, dass sie aus dem Tal der Tränen herauskam.

Lisa nahm die Fernbedienung vom Tisch und ließ das Bild auf dem Bildschirm einfrieren. »Wir müssen etwas unternehmen«, erklärte sie der Katze, die das gelassen zur Kenntnis nahm. Interessiert sah sie Lisa zu, die die Decke zusammenlegte und den Fernseher ausstellte. »In solchen Fällen hilft immer eine sinnvolle Beschäftigung.« Sie ging in die Küche, kramte Zutaten und Geräte aus den Schränken und stellte alles zurecht. Sie wog Mehl ab, siebte Puderzucker, schlug Eier auf und Sahne steif und färbte Marzipan ein.

Eine Stunde später saß sie glücklich vor einem Teller mit Marzipan umhüllter Schokoladenküchlein, jedes verziert mit einer eingelegten Kirsche. Traurig stützte sie das Kinn in die Hand. »Wer soll das bloß alles essen?«, seufzte sie.

An diesem Tag kamen ihre Nachbarn im Haus in den Genuss von Selbstgebackenem. Etwas versöhnt, stellte Lisa den Fernseher wieder an und verdrückte das letzte Küchlein selbst. Nachdem sie eine Weile der Handlung des Films gefolgt war, fühlte sie sich stark genug, um auch das Happy End ertragen zu können. Als das glückliche Paar glücklich lächelnd vor seinem ersten eigenen Haus stand, fiel es ihr plötzlich ein: Sie hatte vergessen, dem Architekten Bescheid zu sagen, dass sie seine Dienste nicht mehr benötigte.

Vollgepackt stieg Stefan aus dem Fahrstuhl. Die Verkäuferin hatte ihm einiges an – wie sie es nannte – Zubehör aufgeschwatzt, aber bei Spielzeug hatte er abgewinkt. Bruno war in seinen Augen ein gesetzter älterer Herr, dem man nicht mit einer an einer Angel befestigten Feder vor der Nase herumfuchtelte. Spielen schien ihm eher nicht so Brunos Ding zu sein. Wie man sich irren konnte! Er schob die Wohnungstür mit der Schulter auf und stellte seine Papiertüten auf dem Küchentresen ab. So eine Katze sei ein neues Familienmitglied, hatte die Verkäuferin gemeint, das man herzlich willkommen heißen solle. Sahne sei sehr beliebt.

Und Lachs. Oder Delikatessschinken, hatte Stefan gedacht, und zwar mit Selbstbedienung.

Erstaunt hatte er festgestellt, dass das Zoogeschäft weihnachtlich geschmückt gewesen war. Mitten im Geschäft hatte sogar ein Tannenbaum gestanden, geschmückt mit Kauknochen für Hunde und Leckereien für Hund und Katze. Er sah sich in seinem Loft um, das so aussah wie es das ganze Jahr über aussah. Eigentlich hatte er bisher keinen Gedanken an Weihnachtsdekoration verschwendet, aber jetzt, wo Bruno und er eine Familie waren, könnte er es hier natürlich ein bisschen weihnachtlich machen. Na ja, vermutlich waren sie eher so etwas wie eine WG verlassener Männer.

Wo steckte das Vieh eigentlich? Stefan durchquerte das Loft, aber vom grauen Fell war nichts zu sehen. Was er allerdings sah, war, dass ein Orkan über seinen Schreibtisch hinweggefegt war. Oder eine Katze war darübergeschlittert und mitsamt allen darauf befindlichen Papieren am Tischende zu Boden gestürzt. Die Papiere lagen verstreut auf dem Boden, von der Katze war nichts zu sehen. Er sammelte die Papiere auf und legte sie geordnet auf den Tisch. Vorsorglich beschwerte er die Stapel mit dem Locher und einem Brieföffner. Anschließend schrieb er auf den Zettel am Kühlschrank *Keine Papiere herumliegen lassen.* Dass das Testament nicht unter den Papieren gewesen war, die er vom Boden aufgesammelt hatte, war ihm nicht aufgefallen.

Seufzend ließ er sich auf sein cremefarbenes Ledersofa fallen. Die Lehne zierte ein langer Kratzer, wie von einer Katzenkralle. Willkommen in der Welt der Katzenbesitzer! Er müsse nachsichtig sein, hatte die Verkäuferin noch gemeint. So ein Tier müsse sich erst an die veränderten Lebensumstände gewöhnen und an seine neue Bezugsperson. Stefan bezweifelte, dass Bruno Wert auf eine Bezugsperson legte.

Er drehte sich auf die Seite und ließ den Blick durch den Raum schweifen. Der Kater lag auf dem Küchenblock neben der Obstschale. Eingerollt und unbeweglich. Ein Auge hatte er geöffnet und musterte seine Bezugsperson. Stefan grinste zurück.

Später begann er den neu erworbenen Kratzbaum zusammenzubauen, wobei ihm bewusst war, dass Bruno seine Tätigkeit überwachte. Die Anleitung war einigermaßen einfach. Er musste erst vier mit Sisal umwickelte Säulen in eine Boden- und eine Deckenplatte schrauben. Auf die Deckenplatte kam noch eine weitere Säule, gekrönt von einer Aussichtsplattform. Stefan war eben dabei, die obere Säule festzuschrauben, als das Telefon läutete. Er ging zum Schreibtisch hinüber.

»Schuster, hallo.«

»Guten Tag, Herr Schuster. Hier ist Elisabeth Kampmann.«

»Hallo, Frau Kampmann.« Auf den Rückruf seiner ersten Auftraggeberin als selbständiger Architekt hatte er schon gewartet. Er hatte ihr einige Entwürfe gemailt, zu denen sie sich äußern sollte.

»Herr Schuster, es tut mir so furchtbar leid. Bei mir hat sich so viel verändert.« Sie machte eine kurze Pause. »Ich werde das Café nicht eröffnen können.«

Es dauerte einen Moment, bis Stefan begriff, was das für seinen Auftrag bedeutete. »Sie meinen, Sie brauchen gar keine Umbaupläne mehr?«

»Nein, leider nicht. Es ist ganz schrecklich, und es tut mir so leid, weil mir Ihre Entwürfe wirklich gut gefallen haben.«

»Hm, das ist wirklich blöd für mich, weil ich die Arbeitszeit für Ihr Projekt mit einkalkuliert habe«, improvisierte er. Es wäre wirklich ein schlechter Start, wenn gleich sein erster Auftrag scheiterte. Außerdem hatte er das Honorar fest eingeplant.

»Das verstehe ich. Es ist nur so, dass eine Freundin von mir …«

Hinter Stefan rumpelte es laut. Als er sich umwandte, sah er eine graue Katze aus den Trümmern des Kratzbaums fliehen. »Verdammt!« Er legte den Hörer auf den Tisch. »Bruno? Bruno, wo bist du?«

Dass die Stimme aus dem Hörer rief: »Herr Schuster? Hallo? Herr Schuster, es tut mir leid. Bitte schicken Sie mir Ihre Rechnung für Ihre bisherige Tätigkeit. Ich bezahle das natürlich. Hallo?«, hörte er nicht mehr, dann erklang ein Tuten in der Leitung.

Stefan fand Bruno unter dem Bett. »He, Dicker. Ist alles in Ordnung?« Er legte sich flach auf den Boden und streckte einen Arm unter das Bett. »Hast du dir was getan? Ich war noch nicht fertig mit dem Teil, und ich wusste wirklich nicht, dass du so scharf auf einen Kratzbaum bist. Ich dachte, du stehst über den Dingen.« Bruno sah ihn aus dunklen Augen an und rührte sich nicht. »Ich mache mir wirklich Sorgen um dich.« Stefan schob sich unter das Bett und stupste in das graue Fell. »Kannst du mal rauskommen? Ich würde gern gucken, ob mit dir alles okay ist.«

Bruno schlich sich flach unter dem Bett heraus und ging davon. Nein, er ging nicht, er zog das rechte Hinterbein nach.

»Warte.« Stefan schob sich rückwärts unter dem Bett hervor und klopfte sich die Wollmäuse vom Hemd. »Bleib mal hier, ich will mir das mal angucken.« Er lief hinter dem Kater her und erwischte ihn kurz vor der Badezimmertür. Vorsichtig befühlte er das Bein. »Ich bin kein Arzt, Bruno. Ich weiß nicht, ob du verletzt bist oder ob sich das so gehört.«

Stefan stand auf und zog sein Smartphone aus der Hosentasche. Es musste hier in der Gegend ja irgendwo einen Tierarzt geben.

Lisa legte den Hörer auf. Das war wirklich saublöd gelaufen. Mal abgesehen davon, dass bei Herrn Schuster offenbar gerade etwas passiert war, hatte er ihre Erklärung für die

Beendigung des Auftrages gar nicht mehr gehört. Lisa hätte ihm jedoch gerne erklärt, warum sie plötzlich seine Hilfe nicht mehr brauchte. Begeistert hatte er nicht geklungen, und das war auch verständlich. Sie würde ihn noch mal anrufen und ihm sagen, dass er ihr unbedingt seine Rechnung schicken sollte. Sie betrachtete die Entwürfe, die er für das Café gemacht hatte. Es war ein Jammer, dass sie nicht umgesetzt werden würden. Er hatte wirklich tolle Ideen gehabt, mit denen man aus den eher unscheinbaren Räumen ein gemütliches, schickes Café hätte gestalten können.

Bei dem Gedanken daran stiegen ihr schon wieder die Tränen in die Augen. Traurig schob sie die Pläne zusammen. Es hatte keinen Sinn, dass sie sich wegen ihres geplatzten Traums fertigmachte. Sie musste nach vorne sehen. Sie nahm die Zeitung vom Flurtisch und ging ins Wohnzimmer. Daisy hatte sich einen der Sessel als Lieblingsplatz erkoren. Eingerollt lag sie darauf und hielt einen Nachmittagsschlaf. Mit einer frisch aufgebrühten Tasse Tee setzte sich Lisa aufs Sofa und schlug den Stellenanzeigenteil der Zeitung auf. In den vergangenen Jahren hatte sie jede Möglichkeit wahrgenommen, in den unterschiedlichsten Cafés und Hotels zu arbeiten, um Erfahrungen zu sammeln. Sie hatte Kunden beobachtet, die Kuchenauswahl kritisch beäugt und sich Gedanken darüber gemacht, wie man Personal führte und Arbeitsabläufe wirtschaftlicher gestalten konnte. Und aus all dem hatte sie schließlich ein Konzept erarbeitet, das sogar ihre Bank überzeugt hatte. Aber es sprach nichts dagegen, dass sie ihre Beobachtungen noch eine Weile fortsetzte. Damit konnte sie ihr Konzept nur verbessern.

Aufmerksam studierte sie die Stellenanzeigen. Drei Cafés suchten dringend Servicekräfte für die Vorweihnachtszeit, ein Café suchte eine Allroundkraft, die auch backen konnte. Sie rief alle vier an. Bei einem Café kam sie zu spät; die Stelle war schon vergeben. Bei den anderen sollte sie sich am nächsten Tag einmal vorstellen. Mit glühenden Wangen legte sie nach dem letzten Gespräch den Hörer auf. Das war jetzt doch spannend.

Als sie sich auf dem Sofa zurücklehnte und den letzten Rest Tee trank, erhob sich Daisy und ging zielstrebig in die Küche. Nina hatte ihr eingeschärft, der Katze nach dem Abendessen die Insulinspritze zu verabreichen, also folgte Lisa ihr. Während die Katze fraß, zog Lisa die Spritze auf, so wie Nina es ihr gezeigt hatte. Mit der Spritze die Membran der Ampulle durchstechen, zweieinhalb Einheiten aufziehen, und dann der Katze die Spritze verabreichen. Ganz einfach. Mit einer Hand fasste Lisa vorsichtig eine Bauchfalte der Katze, in der anderen hielt sie die Spritze und … Sie schaffte es nicht. Sie brauchte es nicht über sich, diese fiese Spritze durch das Fell in die Haut des zarten Tieres zu stechen.

Daisy warf ihr einen fragenden Blick über die Schulter zu.

»Ich kann das nicht tun«, flüsterte Lisa. Sie ließ das Fell los. »Das ist doch grausam. So etwas macht man doch nicht.« Ratlos sah sie die Spritze an. Aber irgendetwas musste sie unternehmen. Sie ging zu ihrem Schreibtisch im Schlafzimmer, auf dem der Zettel mit Ninas Anweisungen lag. Sie überflog den Text über Fütterung, Fellbürsten und Leeren des Katzenklos und fand die Anleitung für das Verabreichen der Spritze. Bis zu dem Punkt, an dem sie zustechen musste, hatte sie alles wunderbar beachtet. Weiter unten stand die Adresse des Tierarztes. Es nützte alles nichts. Sie würde die Katze einpacken und ärztliche Hilfe in Anspruch nehmen müssen.

Daisy ließ sich widerstandslos in den Katzenkorb bugsieren. Die Fahrt über die schlecht geräumten Straßen war einigermaßen beschwerlich, und Lisa erreichte die Tierarztpraxis erst kurz vor Ende der Sprechzeit. Sie stieg die Stufen zur Praxis hinauf. Die Sprechstundenhilfe hinter dem Tresen empfing sie mit bedenklicher Miene. »Die Sprechstunde ist gleich vorbei.«

Lisa hob den Katzenkorb hoch. »Es handelt sich um einen Notfall.«

»Aha, was fehlt der Katze denn?« Die junge Frau beugte sich über den Tresen.

»Sie hat Diabetes.«

»Sie wissen also, worunter sie leidet.«

»Wissen schon, aber behandeln kann ich es nicht.«

»Na gut. Dann nehmen Sie mal im Wartezimmer Platz.«

»Danke.« Das Wartezimmer war rappelvoll. Auf den Stühlen rundherum an den Wänden saßen Leute mit ihren Meerschweinchen, Hamstern, Kaninchen, Hunden und Katzen. Es würde ewig dauern, bis sie an die Reihe kam. Lisa setzte sich auf den letzten freien Stuhl und nahm den Katzenkorb auf den Schoß. Vorsichtig warf sie einen Blick hinein. Sie hoffte sehr, dass Daisy ihr diesen Ausflug nicht übelnahm, jetzt, wo sie sich gerade aneinander gewöhnten.

Die Frau neben ihr hatte eine Transporttasche mit ihrer Siamkatze auf den Boden neben den Stuhl gestellt. Dem Mann daneben gehörte ein ungebärdiger junger Hund, der hektisch Mensch und Tier um sich herum beschnüffelte. Als er der Siamkatze zu nahe kam, schob deren Besitzerin ihn mit dem Fuß beiseite. Lisa beobachtete die Reaktion der Wartenden. Der Mann gegenüber kam ihr bekannt vor. Das war doch ihr Architekt!

»Herr Schuster, bitte.«

Er war es tatsächlich, aber ehe Lisa ihn ansprechen konnte, war er mit seiner Katze im Behandlungszimmer verschwunden. Sie saß immer noch im Wartezimmer, als Herr Schuster aus dem Behandlungsraum kam, aber er verließ die Praxis, ohne dass Lisa Gelegenheit hatte, sich bemerkbar zu machen. Es dauerte eineinhalb Stunden, bis sie endlich drankam. Der Tierarzt hatte durchaus Verständnis für ihr Problem, für das es seiner Meinung nach jedoch nur zwei Lösungen gab: Entweder überwand sie ihre Phobie oder sie müsste zweimal täglich zur Behandlung kommen.

»Tatsächlich? Aber wie soll ich das machen? Ich werde hoffentlich bald wieder Arbeit haben.«

Er hob die Schultern. »Ohne die Spritzen geht es nicht. Soll ich es Ihnen vielleicht noch mal zeigen?«

Er wies sie in die Behandlung ein und sah sie ernst an. »Jetzt müssen Sie die Spritze setzen.«

Lisa blickte ihn mit großen Augen an. »Es geht nicht.«

»Sie können das trainieren. Meine Mitarbeiterin kann Sie schulen.«

»Könnten Sie Daisy heute vielleicht noch mal die Spritze geben? Morgen schaffe ich es bestimmt selbst.«

»In Ordnung. Und wenn Sie es morgen nicht schaffen, kommen Sie wieder. Meine Mitarbeiterin kann das mit Ihnen trainieren. Sie werden sehen, das ist keine große Sache, und je weniger Aufhebens darum gemacht wird, desto angenehmer ist es für das Tier.«

Das sah Lisa ja ein, aber sie hatte noch keine Vorstellung davon, wie sie ihre Scheu überwinden und der zarten Katze Schmerzen zufügen konnte. Und wenn sie es am nächsten Tag wirklich nicht schaffen würde, müsste sie eben wieder herkommen.

Mit verbundenem Hinterlauf schlich sich Bruno aus dem Transportkorb und versuchte einigermaßen elegant aufs Sofa zu springen, auf dem Stefan seine Decke ausgebreitet hatte. Zum Tierarzt hatte dieser Mensch ihn geschleppt! Bruno platzierte sich seitlich auf sein Hinterteil, um an den Verband zu gelangen. Der Tierarzt hatte das Hansaplast mit Äther beträufelt, damit es besser am Fell kleben blieb. Bruno schleckte behaglich mit seiner rauen Zunge darüber. Das Zeug konnte es beinahe mit Baldrian aufnehmen. Alles andere hätten sich Arzt und Mensch sparen können. Paul war so gut wie nie mit ihm beim Tierarzt gewesen. Das eine

Mal, bei dem sie ihn seiner Männlichkeit beraubt hatten, war Paul offenbar persönlich nahegegangen. Jedenfalls hatte er das Gesicht schmerzlich verzerrt, als Bruno anschließend etwas breitbeinig durchs Haus geschlichen war. Paul hatte irgendetwas von Kämpfen und Verunreinigung des Hauses gesagt. Die paar anderen Male war es um die Entfernung einer Zecke, die Beseitigung eines hartnäckigen Flohbefalls und andere überflüssige Dinge gegangen. Die Folge seines letzten häuslichen Unfalls jedenfalls hätte nach Brunos fachkundiger Meinung keiner ärztlichen Behandlung bedurft. Glücklicherweise hatte Paul meistens gesagt: Das wird schon wieder. Und ob ihm dieser Weißkittel nun eine rote Bandage drumwickelte, oder im Keller hustete eine Maus – das Ergebnis war dasselbe.

Brunos Zunge schabte über den Verband. Auf die eine oder andere Weise würde er dieses lästige Ding schon wieder loswerden. Nach einigen Minuten hatte er keine Lust mehr, es zu bearbeiten, und das Ätheraroma verlor seine Faszination. Er rollte sich ein, um in Ruhe nachzudenken.

Seine Gedanken gingen zurück zu der Wartezeit beim Tierarzt. Stefan hatte den Katzenkorb neben sich auf den Boden gestellt mit Blick auf die attraktive Siamkatze, die allerdings etwas etepetete gewirkt hatte, und diesen rüpelhaften Fellträger der Spezies Canis lupus, der der Ansicht gewesen war, jedes Lebewesen lege Wert darauf, mit seinem übelriechenden Atem angehaucht zu werden. Aber unter den vielen Menschen und Tieren war ihm ein Lebewesen aufgefallen.

Bruno dämmerte allmählich in einen angenehmen Halbschlaf weg, und seine Gedanken kehrten zurück in die Vergangenheit, als er zu Paul gekommen war. Mit dem Menschen, bei dem er davor gelebt hatte, hatte er ebenfalls Pech gehabt, und Bruno war froh gewesen, als er zu Paul gekommen war. Er war kein übler Dosenöffner gewesen, der ständig im Sinn gehabt hatte, ihn zu piesacken. Nein, er hatte ihm regelmäßig Leckereien zukommen lassen, sein Fell ausgiebig gebürstet und ihn anständig gekrault. Bruno war ziemlich bald klargeworden, dass er ein Ersatz für die Menschen in Pauls Leben war, die nicht mehr da waren. Ruth war gestorben, und ihre Tochter Elisabeth lebte irgendwo, jedenfalls so weit weg, dass sie fast nie zu Besuch kam. Bruno konnte sich jedenfalls nur an zwei Besuche erinnern, und die lagen schon lange zurück. Aber wenn diese Elisabeth eine Karte aus dem Urlaub oder zu Weihnachten geschrieben hatte, hatte Paul sie ihm mit freudig erregter Stimme vorgelesen und gleich zu seinem Briefpapier gegriffen, um von seinem Leben mit Bruno zu berichten. Bruno konnte sich daran erinnern, dass Elisabeth eine freundliche Seele gewesen war. Wenn Paul sich darüber beklagt hatte, dass sie so selten vorbeikam, hatte sie stets erklärt, dass sie so viel arbeiten müsse. Und Paul hatte sie immer entschuldigt und gesagt, sie lebe ja auch weit weg und würde häufig die Stadt wechseln. Er würde das verstehen. Aber Bruno hatte schon gemerkt, dass Paul häufig traurig gewesen war. Und diese Tochter hatte Bruno nun im Wartezimmer entdeckt. Offenbar war sie von einer seiner Artgenossinnen adoptiert worden, auf die er leider keinen Blick hatte werfen können. Möglicherweise war es doch keine so dumme Idee von seinem Menschen gewesen, ihn zum Tierarzt zu schleppen. Unwissentlich hatte er Bruno damit Gelegenheit gegeben, ihn bei der Suche nach dieser Elisabeth zu unterstützen. Brunos Schwanzspitze zuckte ein wenig, als er über einen geeigneten Weg nachdachte, diese Katze und ihre Menschin wiederzusehen, und zwar möglichst bald.

18.

Dezember

Der Tierarzt kratzte sich am Kopf. »Ist mir ein Rätsel, wie ihm das gelungen ist.« Er betrachtete den unversehrten Verband, den Stefan in der Hand hielt. Irgendwie hatte Bruno es geschafft, seine Pfote davon zu befreien. Jetzt saß er auf dem Behandlungstisch und sah abwechselnd seinen Menschen und den Weißkittel treuherzig an.

»Kann ich mal sehen?« Der Arzt betrachtete die Bandage von allen Seiten. »Normalerweise müssen wir den Verband aufschneiden, und dabei geht oft auch ein bisschen Fell drauf. Diese Sache mit dem Äther scheint auch nicht hundertprozentig zu funktionieren.« Er trat auf das Pedal des Mülleimers und entsorgte den nutzlosen Verband. »Egal. Gucken wir uns mal den Hinterlauf an.« Behutsam legte er Bruno auf die Seite, streckte sein rechtes Bein und tastete es ab. »Also gebrochen ist nichts. Hatten wir ja gestern schon festgestellt. Bisschen gestaucht vermutlich.« Er sah Stefan an. »Geht er raus?«

»Zur Zeit nicht. Im Moment ist er eine Wohnungskatze.«

»Hm.« Der Arzt bog noch eine Weile an den Gelenken herum. »Dann lassen wir das so. Wird ja keine riesigen Bocksprünge in der Wohnung machen.« Er setzte Bruno auf, der sich widerstandslos in die Transportbox schieben ließ. »Sie sollten ein Auge auf ihn haben, aber wenn Sie keine Verschlechterung feststellen, wird sich das vermutlich in den nächsten Tagen von selbst einrenken. Sonst kommen Sie wieder.«

Stefan hob den Korb an. »Okay, vielen Dank.«

Er trat aus dem Behandlungsraum und stieß mit einer jungen Frau zusammen, die eben das danebenliegende Behandlungszimmer verließ und ihn freundlich grüßte. »Hallo, Herr Schuster. Das ist ja wirklich ein Zufall, dass wir uns hier treffen.«

Es dauerte einen Augenblick, bis bei ihm der Groschen fiel. »Hallo.« Er hatte seine – man musste wohl sagen ehemalige – Auftraggeberin bisher nur einmal gesehen und erst auf den zweiten Blick wiedererkannt. »Frau Kampmann.«

»Ein wirklich glücklicher Zufall, Herr Schuster. Unser Telefonat ist nicht besonders glücklich verlaufen, und ich wollte Ihnen eigentlich erklären, warum ich meine Meinung geändert habe. Ich bin froh, dass ich jetzt die Gelegenheit dazu habe.«

Der Tierarzt, der hinter Stefan stand, und die Tierarzthelferin hinter Lisa räusperten sich, weil sie an beiden nicht vorbeikamen. Sie traten beiseite, um Platz zu machen.

»Hier um die Ecke ist ein kleines Lokal. Darf ich Sie zu einer Tasse Kaffee einladen?«, fragte Lisa.

Stefan sah auf die Uhr. »Ich hab nicht viel Zeit, aber für eine Tasse Kaffee wird es schon reichen.«

Ein paar Minuten später saßen sie sich in dem Bistro einige Hauser weiter an einem Ecktisch gegenüber. Die Katzenkörbe standen sich leicht schräg gegenüber, so dass die Katzen sich ansehen, aber auch etwas von der Umgebung wahrnehmen konnten. Stefan half Lisa aus der Daunenjacke und schob ihr den Stuhl zurecht.

»Also, es tut mir wirklich leid, dass ich den Auftrag beenden muss«, begann Lisa, nachdem sie bestellt hatten. »Sie können mir glauben, dass es mir außerordentlich schwerfällt, aber die Umstände haben sich geändert.« Sie lehnte sich zurück und rang um Fassung. Keinesfalls wollte sie ihre

Erklärung mit einer Tränenflut begleiten. »Ein eigenes Café zu eröffnen war mein großer Traum. Und ich hatte die perfekten Räume am See gefunden.«

»Ja, die waren wirklich schön«, stimmte Stefan zu.

»Und Sie hatten so schöne Entwürfe gemacht.« Sie schwieg, während die Kellnerin ihnen zwei Becher Kaffee hinstellte. »Die Pläne haben mir wirklich gut gefallen«, fuhr sie fort. »Und ich kann nur hoffen, dass ich sie später verwenden kann. Dann allerdings vermutlich in einem anderen Ladenlokal.« Sie öffnete ein kleines Milchdöschen und ließ die Kaffeemilch in den Becher tröpfeln.

»Was ist denn eigentlich passiert?«, fragte Stefan, während er einen Löffel Zucker in seinen Kaffee rührte. »Hat es mit der Anmietung der Räume doch nicht geklappt?«

»Nein, ich musste meine Pläne ändern. Aus anderen Gründen.«

Stefan nahm diese unbefriedigende Erklärung schweigend hin.

Lisa war noch nicht so weit, ihm diese Gründe zu erläutern. Dazu war alles noch zu schmerzhaft für sie.

»Was fehlt denn Ihrer Katze?«, wechselte sie verlegen das Thema.

»Das ist nicht meine Katze.«

»Ach?«

»Er ist ein Kater, und ich habe ihn sozusagen geerbt.« Als er es ausgesprochen hatte, wurde ihm bewusst, dass das Tier tatsächlich etwas aus dem Nachlass seines Onkels war, das Sybille achtlos im Tierheim abgeladen hätte, wenn er nicht eingesprungen wäre. »Als Sie gestern anriefen, war ich gerade dabei, den neuen Kratzbaum zusammenzuschrauben. Ich war noch nicht ganz fertig, und er hat ihn schon mal ausprobiert. Dabei hat er sich die Pfote verstaucht.«

»Ach, du meine Güte! Ich hatte mir auch schon Sorgen gemacht, weil das Gespräch so plötzlich unterbrochen war.«

»Ja, tut mir wirklich leid. War etwas unhöflich von mir. Ich hatte nur selbst einen Schreck bekommen.«

»Vermutlich haben Sie gar nicht mehr mitbekommen, dass ich gesagt habe, Sie sollen mir Ihre Rechnung schicken.«

»Für eine nicht fertiggestellte Arbeit?«

»Sie haben bereits Ihre Arbeitszeit darauf verwendet. Ich bestehe darauf.«

Jetzt lächelte Stefan verlegen. »Ich werde mir etwas überlegen.« Sie war ihm sympathisch, und es kam ihm plötzlich unpassend vor, Geld von ihr anzunehmen, obwohl das natürlich Unsinn war.

»Ich habe mir auch etwas überlegt«, sagte Lisa. »Nina, meine Freundin, braucht jetzt ganz dringend einen Architekten für Umbauarbeiten. Und da habe ich an Sie gedacht. Würden Sie ihr helfen? Es würde mich beruhigen, wenn ich Ihnen wenigstens einen Ersatzauftrag verschaffen kann, und außerdem wüsste ich, dass Nina an einen guten Mann gerät.« Sie sah ihn freudestrahlend an.

»Na, Sie verstehen es, einen Mann um den Finger zu wickeln.«

»Ich werte das als ein Ja. Ich werde Nina nachher anrufen und ihr sagen, dass sie sich bei Ihnen melden soll. Kann sie doch, oder?«

»Natürlich.« Stefan warf einen Blick auf seine Armbanduhr. »Es tut mir leid, aber ich muss jetzt wirklich los.«

Lisa, die eben einen Schluck Kaffee trinken wollte, stellte hastig ihre Tasse ab. »Ich auch!« Sie kramte ihr Portemonnaie aus der Tasche und legte ein paar Münzen auf den Tisch.

Stefan griff sich den Katzenkorb. »Vielen Dank für die Einladung und schönen Gruß an Ihre Freundin.«

»Danke.« Lisa sah Stefan hinterher. Beinahe hätte sie über das Gespräch ihre Vorstellungstermine verschwitzt.

»Hi.«

»Hallo.«

»Alles senkrecht?«

»Wie?«

»Was ich meine, ist, dass wir beide vom Arzt kommen, und ich erkundige mich einfach höflich danach, ob es dir gut geht.«

»Danke der Nachfrage.«

»Wo fehlt's denn?«

»Willst du dich nicht erst mal vorstellen?«

»Bruno.«

»Daisy.«

»Okay, Daisy, weshalb warst du beim Tierarzt?«

»Ich leide unter Diabetes.«

Bruno strich sich mit der Pfote über die Schnurrhaare. »Und?«

»Und meine neue Besitzerin schafft es nicht, mir die Insulinspritzen zu verabreichen.«

»Herrje, diese Menschen! Meiner schleppt mich wegen jeder Kleinigkeit zum Tierarzt. Und dich schleppt sie offenbar völlig überflüssigerweise dorthin.«

»Sie ist eben sehr zart besaitet.«

»Okay. Soviel zu unseren Beschwerden.«

»Wieso unseren? Du hast noch nicht erzählt, worunter du leidest.«

Bruno hatte nicht vor, sich der Lächerlichkeit preiszugeben, indem er von seinem völlig überflüssigen Crash mit dem Kratzbaum berichtete. »Nicht der Rede wert, sag ich doch.«

»Verstehe.«

»Was verstehst du?«

»Dass es dir peinlich ist, darüber zu sprechen.«

»Ist es nicht. Es ist nur nicht wichtig.«

»Ich interessiere mich eben dafür.«

»Ach ja?«

Daisy leckte sich verlegen über die Pfote. »Ich interessiere mich eben für meine Mitkatzen.«

»Gut. Themenwechsel. Muss sehr dringend etwas mit dir besprechen.«

»Ach ja?«, sagte diesmal Daisy.

»Ist wichtig. Hör zu. Es geht um unsere Menschen. Ich habe da etwas sehr Wichtiges entdeckt. Hey!« Brunos Transportkorb begann zu schaukeln, dann wurde er in die Höhe gehoben. »Moment mal. Ich bin hier noch nicht fertig.« Aber sein Protest blieb unbeachtet. Sein Mensch sprach noch ein paar Worte mit der Frau, dann verließ er mit Bruno das Café.

Daisy, die kurz darauf ebenfalls das Café verlassen musste, stellte zu ihrer eigenen Überraschung fest, dass sie tatsächlich neugierig geworden war.

Als er den Wagen vor Pauls Haus abstellte, begann es zu schneien. Sybille war bereits da, von Peters Wagen war nichts zu sehen. Stefan stieg aus und beugte sich noch einmal vor, um einen Blick auf die Rückbank zu werfen. »Kann ich dich einen Moment allein lassen, Bruno? Tut mir leid, dass es heute so ein Durcheinander ist. Ich muss hier nur ganz kurz was klären. In Ordnung?«

Bruno kam gar nicht dazu, zu antworten. Stefan schlug die Tür zu und betätigte die Zentralverriegelung. Seine Schuhe waren für die Wetterverhältnisse nicht geeignet und für den im Garten ziemlich hoch liegenden Neuschnee erst recht nicht. Es hatte sich niemand gefunden, der den Schnee bis zur Haustür geschippt hätte. In der Schneedecke waren Abdrücke von Damenstiefeln zu sehen, die an der geschlossenen Haustür vorbei hinters Haus führten. Er umrundete das Haus und sah Sybille am Ende des Grundstücks am Zaun stehen, wo sie vor sich hin murmelte.

»Da bist du ja endlich!«, rief sie, als sie ihren jüngsten Bruder entdeckte. »Hast du nichts dabei?«

»Was soll ich dabeihaben?« Stefan hob die Füße an, aber seine Schuhe waren bereits durchnässt.

»Na, irgendwas zum Ausmessen und Notieren, Fotos machen. So was.«

Stefan war inzwischen bei ihr angekommen. »Ich verstehe kein Wort.«

»Das ist wieder typisch. Wovon reden wir denn seit Tagen?« Sybille drehte sich einmal um die eigene Achse. »Wir wollten Pläne machen.«

Stefan unterdrückte ein Seufzen. »Du, Sybille. Du wolltest Pläne machen.«

»Und du vielleicht nicht? Irgendetwas müssen wir mit dem Grundstück ja anfangen.«

»Sybille.« Stefan fasste seine Schwester an den Schultern. »Es gibt ein Testament. Ein Testament ist ein Letzter Wille. Paul wollte nicht, dass wir das alles hier bekommen.«

Sybille sah ihn aus zusammengekniffenen Augen an. »Und wo ist dieses verdammte Testament? Ich habe das ganze Haus auf den Kopf gestellt.«

Stefan ließ sie los. »Es ist an einem sicheren Ort.«

»Spinnst du?« Sie stieß ihm mit der Faust gegen die Brust. »Du hast es doch mitgenommen?«

»Ich habe es zufällig wiedergefunden und mitgenommen.«

»Und du hast es uns nicht gesagt.« Sie war einen Schritt zurückgetreten.

»Ich musste erst mal darüber nachdenken.«

»Aha. Und wozu hat das geführt?«

»Dass wir das nicht machen können, Sybille. Davon abgesehen, dass es strafbar ist, wäre es auch einfach unrecht.«

Sybille löste ihren Schal. »Weißt du eigentlich, dass Peter das Geld dringend braucht?«

»Peter verdient gut in der Unternehmensberatung. Er hat ein Haus, fährt ein dickes Auto, und er und Margret sind weit davon entfernt, Not zu leiden.«

»Du hast doch überhaupt keine Ahnung. Sie wollen ihn rausschmeißen. Er kriegt eine mickrige Abfindung und in ein paar Jahren eine kleine Rente.«

Stefan stemmte die Fäuste in die Manteltaschen. »Das wusste ich nicht, aber trotzdem ist das doch kein Argument, Sybille.«

Sybille schlug sich gegen die Brust. »Wir sind Pauls Familie. Das alles hier steht uns zu, Stefan. Uns, nicht ihr.«

»Darüber haben wir nicht zu befinden.« Stefan trat auf der Stelle. Ihm froren allmählich die Füße ab. »Elisabeth war so etwas wie seine Tochter.«

»Sie war die Tochter einer seiner Verflossenen.« Sybilles Stimme klang kalt.

»Erinnerst du dich noch an sie?«

»Wie?« Sybille war irritiert.

»Kannst du dich daran erinnern, wie sie ausgesehen hat? Was für ein Mensch sie gewesen ist?«

Sybille machte ein missmutiges Gesicht. »Das fragst du jetzt nicht im Ernst. Sie war ein kleines Mädchen. Und wir waren auch klein. Ich kann mich nicht an jedes x-beliebige Kind erinnern, dem ich in meiner Kindheit begegnet bin.«

»Es muss im Haus Fotos von ihr geben. Und vielleicht steht ihre Adresse in Pauls Adressbuch.«

»Ich hab den Hausschlüssel heute nicht bei mir.« Wie Stefan seine Schwester einschätzte, hatte sie den Schlüssel sehr wohl dabei. Und wenn sie Pauls Unterlagen nicht bereits vernichtet hatte, würde sie es vermutlich als Nächstes tun, bevor Stefan wieder die Gelegenheit hatte, ins Haus zu gelangen. Und wenn Bruno sich nicht auf das Testament gepflanzt hätte, wäre es vermutlich zwischenzeitlich zu Asche zerfallen und in Rauch aufgegangen. »Du hast doch früher mit ihr gespielt«, sagte Sybille. »Also müsstest du doch wissen, wie sie aussieht.«

»Ich war damals sechs Jahr alt. Paul hat doch sicher Fotos und Briefe von ihr im Haus.«

»Wie gesagt, heute habe ich den Schlüssel nicht dabei.«

Stefan trat von einem Fuß auf den anderen. »Wann hast du Paul das letzte Mal besucht?«

Sie wandte sich zu ihm um. »Der Kontakt zu ihm war abgebrochen. Das weißt du doch.«

»Sybille, unsere Eltern hatten Streit mit Paul. Wir hätten jederzeit bei ihm klingeln können. Vielleicht hätte er sich gefreut. Ich weiß nicht mal, worum es bei diesem verdammten Streit mit unseren Eltern überhaupt ging.«

Seine Schwester verhielt sich so, als hätte er nichts gesagt. »Hast du deine Geburtsurkunde dabei?«

»Ich will das nicht, Sybille. Ich will Pauls Letzten Willen nicht so missachten!«

Sie trat dicht an ihn heran und sah ihm in die Augen. »Wir sind deine Familie, Stefan. Peter und ich. Paul ist tot.«

Er senkte den Blick. »Findest du nicht, dass wir uns mal langsam um seine Beerdigung kümmern sollten? Er sollte vielleicht noch vor Heiligabend beerdigt werden, findest du nicht?«

»Mach das. Kümmere dich drum. Ich stehe dir nicht im Weg.« Sybille ging zum Haus. »Es wäre schön, wenn du morgen endlich mal deine Geburtsurkunde mitbringen würdest. Und deine Ausrüstung.« Sie verschwand um die Hausecke, ohne sich zu verabschieden. Offenbar wollte sie nicht lockerlassen und versuchte, ihn herumzukriegen, indem sie an seinen Familiensinn appellierte.

Stefan sah sich um. Peters Idee war gar nicht mal schlecht. Er vermutete, dass das Grundstück groß genug war, um ein Mehrfamilienhaus darauf zu bauen. Das war das Perfide an der ganzen Sache. Aus dem Erbe ließe sich etwas machen, und sie konnten es alle gut gebrauchen.

Erschöpft ließ er sich kurz darauf hinter das Lenkrad seines Wagens fallen. »Meine Füße werden nie wieder auftauen«, berichtete er Bruno. »Und du kannst froh sein, dass du keine Geschwister hast.«

Ein unsachlicher Einwand, wie Bruno fand. Sie waren damals ein Wurf von acht Kätzchen gewesen.

Zu Hause angekommen legte sich sein Mensch in eine große Wanne voll Wasser mit Schaumkrone. Nur der Kopf guckte heraus. Bruno beobachtete ihn von der Badezimmertür aus, die Vorderpfoten nebeneinandergestellt.

»Ist was?«, fragte Stefan.

Eine ganze Menge, dachte Bruno.

»Und wenn sie recht hat?«, fragte Stefan unvermittelt. »Blut ist dicker als Wasser, und Peter und ich könnten das Geld gut gebrauchen.«

Bevor hier irgendetwas mit dieser Erbschaft schiefgeht, sollten wir allmählich in die Gänge kommen, fuhr Bruno in Gedanken fort. Streng dein Hirn an!

Stefan schlug mit der flachen Hand auf die Wasseroberfläche, so dass Schaumwolken durch das Bad spritzten. Eine klatschte vor Bruno auf die Fliesen.

»Jetzt lass ich mich auch schon von diesen Gedanken leiten! Ich muss diese Elisabeth endlich finden.«

Bruno wandte sich ab. Geht doch.

Lieber Paul, ich wünsche Dir eine schöne Adventszeit. Ich konnte Dich telefonisch nicht erreichen, aber ich hoffe, es ist Dir recht, wenn ich Dich über die Weihnachtstage einmal aufsuche. Ich würde mich freuen, wenn wir über alte Zeiten plaudern können. Liebe Grüße, Deine Elisabeth.

Sybille kniff die Augen zusammen. Diese Postkarte war ihr unter den Briefen, die sie aus Onkel Pauls Briefkasten gefischt hatte, sofort ins Auge gesprungen. Sie las die Karte noch einmal, dann versuchte sie, den Poststempel zu entziffern. Die Karte war hier abgestempelt worden. Diese Elisabeth gab es also noch, und was viel schlimmer war: Sie lebte ganz in der Nähe. Und: Sie hatte ihre Telefonnummer angegeben. Dass sie irgendwann von Pauls Tod erfahren würde, konnte Sybille schlecht verhindern, aber auf gar keinen

Fall durfte sie irgendwie Kontakt zu Stefan bekommen. Der würde es fertigbringen und ihr von dem Testament erzählen, und dann wären alle ihre Bemühungen, die Spuren von Ruth und Elisabeth zu vernichten, umsonst gewesen. Sybille steckte alle Briefe und die Karte von dieser Elisabeth in die Handtasche.

Nina war schon da. Die Hände um ein Glas Tee gelegt, saß sie allein an einem Fenstertisch. Sie sah ziemlich schmal und fertig aus. Etwas abgehetzt durchquerte Lisa das Lokal und gab Nina einen Kuss auf die Wange. »Tut mir leid, dass ich spät dran bin«, entschuldigte sie sich und stellte ihre Tasche ab.

Nina lächelte müde. »Kein Problem. Weißt du, dass ich gerade festgestellt habe, dass es seit drei Tagen die ersten fünf Minuten sind, in denen ich ganz allein bin und mich nicht mit meiner Familie beschäftige? Und schon habe ich ein schlechtes Gewissen.«

Lisa setzte sich und legte ihr die Hand auf den Unterarm. »Das solltest du dir ganz schnell abgewöhnen. Bei all dem, was du um die Ohren hast, brauchst du Pausen, sonst machst du dich kaputt.«

Nina verzog das Gesicht und trank einen Schluck Tee. »Der Verstand gibt dir recht, aber tatsächlich fehlt mir die Zeit.«

Lisa warf einen Blick auf Ninas Teeglas. »Was trinkst du da?«

»Weihnachtstee. Zimt, Orangen, Kardamom. Gut für die Seele.«

»Nehme ich auch.« Lisa gab der Kellnerin ein Zeichen und bestellte Tee und ein Sandwich. »Also, wie läuft's zu Hause?«

»Eigentlich ganz gut. Abgesehen davon, dass die Kinder quengeln, weil wir sie in einem Kinderzimmer zusammengepfercht haben.«

»Ah, gut, dass du das sagst.« Lisa beugte sich zu ihrer Tasche hinunter und nahm Stefan Schusters Visitenkarte heraus. »Das ist ein guter Architekt. Den rufst du nachher an. Er soll sich um euren Umbau kümmern, damit ihr so bald wie möglich mehr Platz habt.«

Nina studierte die Karte. »Stefan Schuster.« Sie sah auf. »Woher kennst du ihn?«

»Er …« Lisa biss sich auf die Unterlippe. Nina kannte ihren langgehegten Traum vom eigenen Café. Wenn sie ihr jetzt davon berichtete, dass ihr Traum kurz vor dem Wahrwerden geplatzt war und warum, würde Nina ihr das Geld für den Umbau sofort zurückgeben. Sie hatte einfach nicht daran gedacht, sich rechtzeitig eine Erklärung dafür zurechtzulegen, woher sie einen Architekten kannte.

Sie hatte zu lange gezögert.

»Ah, ich verstehe.« Nina lächelte verschmitzt. »Du magst ihn, und du willst ihm einen Auftrag verschaffen.«

»Stimmt. Ich mag ihn, und ich will ihm einen Auftrag verschaffen. Aber entschuldige, wenn ich das sage: Vom Ausbau eures Dachbodens wird der Mann nicht mal einen Monat überbrücken können.«

»Macht nichts. Ich werde ihn natürlich beauftragen. Und dann werde ich die Gunst der Stunde nutzen und ihm entlocken, woher ihr euch kennt und wie er dich so findet.«

»Tu, was du nicht lassen kannst«, entgegnete Lisa, die sich über ihr Sandwich hermachte. »Wenn mir im Moment der Sinn nach irgendetwas nicht steht, dann sind das Männer.«

»Du sollst auch nicht mit mehreren Männern etwas anfangen, sondern nur mit einem. Und wenn er nett ist, warum dann nicht mit einem Architekten? Wie du siehst, kann man die auch gebrauchen.«

»Vielleicht später mal wieder«, antwortete Lisa. »Wenn ich mich von meinem letzten Reinfall erholt habe.«

Nina zog eine Grimasse. »Das war eine ganz fiese Nummer und einfach Pech, Lisa. So übel, wie Alexander dir mitgespielt hat, sind nicht alle Männer. Der war einfach eine Ausnahme.«

»Mag sein, aber ich habe es erst sehr spät gemerkt, dass ihm an mir nicht so viel lag wie an meinem Rezept.«

»Und an Patrizia.«

Lisa warf ihrer Freundin einen vernichtenden Blick zu.

»Entschuldige. Ich hatte nur einfach das Bedürfnis, ihren Namen auszusprechen«, sagte Nina mit bedauernder Miene.

Lisas Blick schweifte zum Fenster. Es hatte wieder zu schneien begonnen, die Passanten eilten vorüber. Eigentlich hatte Lisa mit der Eröffnung ihres Cafés die Hoffnung verbunden, es allein zu schaffen, erfolgreich zu sein und die Pleite mit Alexander besser verarbeiten zu können, über die sie noch lange nicht hinweg war. Sie hatte sich die schönsten Cafés in verschiedenen Städten herausgesucht und dort eine Weile gearbeitet. Sie hatte darauf bestanden, in der Backstube, im Service und hinter dem Tresen eingesetzt zu werden, immer im Hinblick darauf, ihre Erfahrungen später im eigenen Café umsetzen zu können. Und in einem der Cafés war sie Alexander begegnet. Sie hatte gedacht, sie könne all ihre Träume in dem altmodischen Café seiner Eltern verwirklichen. Es hatte dort viele schöne alte Möbel gegeben, die heute als Vintage durchgingen, und vor Lisas Augen hatte sich ein Bild aus alten und neuen Elementen ergeben. Sie hatte viel Arbeit und Herzblut in das schlecht laufende Café investiert. Alexanders Eltern wollten sich zur Ruhe setzen und das Café ihrem Sohn übergeben. Lisa hatte sich vorstellen können, mit Alexander zusammen das Lokal zu modernisieren und es gemeinsam mit ihm zu führen. Aber dieser Traum war geplatzt, als sie Alexander mit der Kellnerin Patrizia erwischt und festgestellt hatte, dass er außerdem das streng gehütete Kuchenrezept ihrer Großmutter geklaut hatte. Sie war weggelaufen. Nach Hause hatte sie nicht gewollt, jedenfalls nicht solange sie sich nicht von dieser Niederlage erholt hatte. Nach einer kurzen Phase der Niedergeschlagenheit hatte sie beschlossen, sich von Alexander nicht ihre Zukunft zerstören zu lassen, und sie hatte ihren Plan weiterverfolgt und in anderen Cafés gearbeitet. Mittlerweile erschien ihr der Diebstahl des Rezepts als ein größerer Verrat als Alexanders Betrug mit Patrizia. Vielleicht sollte sie das als Fortschritt werten.

Nina schob ihre Hand über den Tisch und forderte Lisa auf, ihre Hand hineinzulegen. »Entschuldige. Ich wollte keine alten Wunden aufreißen.«

Lisa fasste ihre Hand. »Ist schon in Ordnung. Manchmal reißt mich so eine Situation wieder zurück in die Vergangenheit.« Sie sah Nina mit traurigen Augen an. »Und du siehst daran, dass ich noch nicht wieder bereit bin, mich auf einen Mann einzulassen. Und sei er noch so ein guter Architekt.«

»Okay, Themenwechsel. Was hältst du davon, mit uns Weihnachten zu feiern? Du hast so viel für uns getan, und ich möchte nicht, dass du Heiligabend allein bist.«

»Das ist sehr lieb von dir, aber Heiligabend solltet ihr in eurer neuen Familienzusammensetzung feiern. Ich würde da nur stören.«

An Ninas zögerlicher Reaktion erkannte Lisa, dass ihre Freundin ähnlich gedacht hatte und sie in erster Linie aus Dankbarkeit hatte einladen wollen. Aber dafür war es noch zu früh. »Na schön, aber ich werde dich am Heiligmorgen noch einmal anrufen und die Frage noch einmal stellen.«

»Wie geht es deiner Mutter?«

»Wie geht es Daisy?«

Sie hatten gleichzeitig gesprochen, und begannen beide zu lachen.

»Du zuerst«, sagte Lisa.

»Sie sitzt nur in ihrem Zimmer, also im Kinderzimmer. Ich habe ihr den Schaukelstuhl aus ihrer alten Wohnung hineingestellt, und jetzt schaukelt sie hin und her und sieht aus dem Fenster.«

»Sie ist bestimmt traurig. Sie vermisst deinen Vater und ihre eigene Wohnung.«

»Ich glaube das auch. Manchmal sieht sie mich so merkwürdig an, so wissend.« Nina schob ihr leeres Teeglas von sich. »Also, was ist mit Daisy? Geht's ihr gut?«

»Soweit ich das beurteilen kann, geht es ihr gut. Wir kommen zurecht.«

»Hauptsache, sie bekommt ihre Medikamente.«

Lisa nickte. »Natürlich.« Sie musste Nina ja nicht auf die Nase binden, dass es bisher der Tierarzt gewesen war, der Daisy die Insulinspritze gegeben hatte.

»Was ich dich schon die ganze Zeit fragen wollte: Damals, als ich dich angerufen habe, um dir zu sagen, dass mein Vater tot ist, was wolltest du mir da erzählen?« Nina lächelte verlegen. »Ich habe dich damals mit meiner Nachricht einfach so überfallen.«

»Die ja wohl ungleich wichtiger war. Immerhin hat der Tod deines Vaters dein ganzes Leben umgekrempelt.« Lisa wischte sich den Mund mit der Serviette ab, um etwas Zeit zu gewinnen. So ein Lügenkonstrukt zu errichten – auch wenn es gut gemeint war – war eine komplizierte Angelegenheit. Eine Lüge zog unweigerlich die nächste nach sich. Sie beruhigte ihr Gewissen damit, dass es sich dabei um Notlügen handelte, die einzig dazu dienten, zu verhindern, dass Nina Lisas Finanzspritze doch noch ablehnte. »Ich wollte dir erzählen, dass ich einen neuen Job habe.«

»Tatsächlich? Ich dachte, du wärest in deinem letzten Job im Café Brahms ganz zufrieden.«

Das war Lisa auch gewesen, aber als sie nachgefragt hatte, ob sie dort wieder anfangen könne, war ihre Stelle schon neu besetzt gewesen. »War ich auch, aber du weißt ja, dass ich immer noch den Plan habe, mich selbständig zu machen, und die Vorbereitung dafür ist, so viele Erfahrungen zu machen wie möglich. In anderen Städten habe ich mich jetzt ausführlich umgesehen, jetzt muss ich hier vor Ort noch Eindrücke sammeln, damit es losgehen kann.« Puh, war das schwierig!

»Verstehe. Und wo fängst du jetzt an?«

Lisa berichtete ihrer Freundin ausführlich von ihrer Vorstellungstournee durch die drei Cafés, die sie sich aus den Zeitungsanzeigen herausgesucht hatte. Nach ihrem morgendlichen Besuch beim Tierarzt, den sie Nina natürlich verschwieg, war sie in einem Ecklokal gelandet, in dem am Vormittag eine hektische Betriebsamkeit geherrscht hatte, und dessen Qualifizierung als Café sich aus dem Ausschenken von Filterkaffee und dem Tresenverkauf von Käsebrötchen und staubtrockenem Sandkuchen herleiten sollte. Der Raum hatte die Gemütlichkeit einer zu klein geratenen Flugzeughalle mit Steinfußboden und Holzbänken gehabt. Lisa hatte dem Inhaber gleich zu Beginn des Gesprächs mitgeteilt, dass sie sich anders entschieden habe. Das nächste Lokal hatte sich als seelenloser Coffeeshop entpuppt, in dem sich ihre Tätigkeit in dem Verkauf von parfümiertem Kaffee in Pappbechern und überteuerten Bagels aus industrieller Produktion erschöpft hätte. Der dritte Versuch hatte schließlich gefruchtet, auch wenn Lisa im ersten Augenblick am liebsten auf dem Absatz kehrtgemacht hätte.

Schon als sie die Straße entlangging, erinnerte sie sich an das altmodische Café. Sie war in der Vergangenheit mehrfach daran vorbeigegangen, ohne jemals das Bedürfnis gehabt zu haben, dort einzukehren. Die Schaufensterdekoration aus Pappmachétorten mit Staubbelag und Porzellan aus den siebziger Jahren hatten ihr suggeriert, dass dort der Kaffee abgestanden und die Sahne ranzig war. Deshalb verharrte ihre Hand auf dem Türgriff der gläsernen Eingangstür, während sie mit sich rang. Sie brauchte dringend einen Job, und das war das letzte Café auf ihrer Liste. Wenn sie nicht hineinging, würde sie warten müssen, bis ein anderes Café eine Stelle frei hätte, oder sie müsste in einem anderen Bereich arbeiten. Also atmete sie tief durch und trat ein.

Es war zwar nicht staubig, aber abgewohnt und altmodisch. Nicht wie das Café von Alexanders Eltern auf schöne Art altmodisch, sondern hässlich altmodisch mit schmuddeligen Wänden, klapprigen Tischen und unbequemen Stühlen. Außerdem war es an Schlichtheit nicht zu überbieten. Die einzige Dekoration waren müde vor sich hin flackernde Teelichter in verschmutzten Gläsern. Einige Tische waren besetzt, und Lisa scannte das Publikum, das sich aus alten Damen, Handwerkern und jungen Müttern zusammensetzte. Vielleicht lag das auch an der nachmittäglichen Uhrzeit.

Sie wollte eben den Inhalt des Kuchentresens in Augenschein nehmen, als die Anwesenden von einem Gepolter, bei dem ziemlich viel Geschirr zu Bruch ging, gefolgt von einer üblen Schimpftirade, aus ihren Gesprächen gerissen wurden. Vor einer doppelflügeligen Schwingtür, die offenbar in die Küche führte, schwamm ein Scherbenhaufen in einem Kaffeesee, eine nicht mehr junge Kellnerin, die sich bemühte, jünger auszusehen, als ihr guttat, begann fluchend die Scherben aufzulesen. Die Gäste hatten sich wieder ihren Gesprächen zugewandt, nur eine ältere Dame verlangte endlich nach ihrem Kaffee, und ein Mann in blauer Latzhose wollte zahlen, wofür er von der Kellnerin angeblafft wurde. Lisa ging zu der Frau hinter den Tresen.

»Sie können gern kassieren gehen. Ich mache das.«

Die Kellnerin sah sie muffig an.

»Lisa«, stellte sie sich vor. »Ich bin eigentlich hier, um mich vorzustellen.« Sie nahm der Kellnerin Handfeger und Schaufel aus der Hand, als die nicht reagierte, und machte sich an die Arbeit. Danach verselbständigte sich alles. Nachdem sie ihren Mantel ausgezogen hatte, übernahm sie die Arbeit hinter dem Tresen, schnitt den Kuchen und machte die Teller zurecht, brühte Kaffee und stellte die Tabletts zusammen, die Ina, wie die muffige Kellnerin sich zwischendurch vorstellte, an die Tische trug, schmutziges Geschirr abräumte und kassierte. Es war nicht so, dass sie Sympathie für das Café entwickelt hätte, das in ihren Augen immer noch hässlich und ungemütlich war, es war eher die Notwendigkeit für eine weitere Hilfe gewesen, die sie schließlich überzeugt hatte, die Stellung anzunehmen.

Die Inhaber waren ein etwa sechzigjähriger Mann und seine betagte Mutter, die ausgerechnet in der Vorweihnachtszeit krank geworden war und von ihrem Sohn gepflegt werden musste, der dem Café daher nur noch sehr eingeschränkt zur Verfügung stand und Ina mit der Arbeit allein ließ, was ihre schlechte Laune erklärte. Herr Offenstein, der Inhaber, war im Laufe des Nachmittags aus der Wohnung heruntergekommen und hatte interessiert zur Kenntnis genommen, dass er eine neue Kraft hatte. Sie hatten nur noch über die Höhe ihres Gehalts gesprochen, das erstaunlicherweise ziemlich gut war. Und nun hatte sie also einen Job in einem Café, das an Scheußlichkeit nicht zu überbieten war. Und das sollte sie Nina jetzt als Fortschritt verkaufen.

»Ich sehe es so, dass das meine ultimative Prüfung ist. Wenn es mir gelingt, dieses Fossil wiederzubeleben, dann bin ich bereit, einen eigenen Laden aufzumachen«, erklärte Lisa.

»Aha«, sagte Nina trocken. »Wenn du mich fragst, war dein Herz wieder größer als dein Verstand.«

»Na, auf alle Fälle ist es eine Aufgabe.«

»Und wann fängst du jetzt an? Die haben ja offenbar seit drei Tagen dringenden Bedarf an einer weiteren Hilfskraft.«

»Ich habe heute angefangen.« Lisa kreuzte die Finger unter dem Tisch. Wieder eine Lüge, wenn auch nur eine kleine. Hoffentlich hörte das irgendwann mal auf.

Nina schob ihre Hand über den Tisch. »Dir geht es doch

gut, oder? Du würdest mir doch sagen, wenn etwas nicht stimmt?«

»Es ist alles gut, Nina. Wirklich.« Das war tatsächlich die Wahrheit. Der Gedanke, Nina gegenübersitzen zu müssen und von ihrem eigenen Café zu schwärmen, während Nina nicht wusste, wie sie die Versorgung ihrer Mutter bewerkstelligen sollte, war nichts gegen den Gedanken, morgen ihre Stelle in diesem grässlichen Lokal antreten zu müssen. »Alexander kann mich mal, und ich verfolge einfach nur weiter mein Ziel. Glaub mir, du hast im Moment mehr Sorgen als ich.«

»Vermutlich hast du recht.« Nina zog ihr Handy aus der Handtasche. »Sieben Anrufe in Abwesenheit. Ich habe mir erlaubt, das Ding eine halbe Stunde lang auf stumm zu stellen.« Sie tippte sich durch die Anruferliste. »Offenbar steht das Haus in Flammen, die Kinder begehen Ladendiebstähle, und mein Mann ist abgehauen«, scherzte sie.

»Siehst du, dagegen bin ich ein Mensch ohne Probleme.«

Nina stand auf und öffnete ihr Portemonnaie.

»Heute zahle ich. Du solltest schnell nach Hause gehen, ehe noch mehr passiert«, sagte Lisa.

Nina gab ihr einen Wangenkuss. »Danke. Für alles.«

19.

Dezember

Stefan stand am Fenster und sah hinaus. Er hatte ziemlich schlecht geschlafen und immer wieder über die Situation gegrübelt, in die er sich manövriert hatte. Natürlich war er im Recht, was das Testament anbetraf, aber Sybilles Argument, dass Paul damit seine eigene Familie vom Erbe ausgeschlossen hatte, war auch nicht von der Hand zu weisen. Andererseits war Paul natürlich völlig frei darin gewesen, einen Erben einzusetzen, und die Tatsache, dass er diese Elisabeth bedacht hatte, sprach doch eigentlich Bände. Warum hätte er die Kinder seines Bruders bedenken sollen, wenn er sich mit deren Vater doch gestritten hatte? Andererseits, was konnten sie, die Kinder seines Bruders, für diesen Streit? Es war müßig, sich den Kopf darüber zu zerbrechen. Er würde keine ruhige Minute mehr haben, wenn er das Testament vernichten würde. Oder es Sybille überlassen, was auf dasselbe hinauslief.

Die ganze Nacht über hatte es geschneit, und der Verkehr schleppte sich über die noch nicht vollständig geräumten Straßen. Die Luft war klar, und hin und wieder zeigte sich sogar die Sonne. Die Autofahrer fluchten vermutlich, weil sie doppelt so lange brauchten wie sonst. Ihm würde es nicht anders ergehen, trotzdem fühlte er sich ausgeschlossen. Er nahm einen Schluck Espresso. Es fiel ihm immer noch schwer, sich nicht jeden Morgen ins Auto setzen und ins Büro fahren zu müssen. Daran musste er sich erst noch gewöhnen. Er hoffte, dass die Homepage, die er in Auftrag gegeben hatte, bald fertig sein würde. Außerdem würde sich, wenn er Glück hatte, diese Freundin von Frau Kampmann bei ihm melden. Und unabhängig davon würde er sich mit Fachlektüre eindecken, um potentielle Auftraggeber ausfindig zu machen. Möglicherweise fand sich dabei auch die Möglichkeit für eine freie Mitarbeit. Nach mehreren Fehlschlägen hatte er jedenfalls keine Lust mehr, sich weiter in Architekturbüros zu bewerben. Nun, wenige Tage vor Weihnachten, war ohnehin keine gute Zeit für Bewerbungen.

Er beobachtete auf dem Gehweg einen Mann und eine Frau, die einen Tannenbaum trugen. Der Mann ging vorweg und wollte die Straße überqueren, als die Ampel auf Rot umsprang, aber die Frau blieb an der Fußgängerampel stehen. Der Baum rutschte ihm aus den Händen, der Mann wandte sich zu der Frau um, und nach einer Schrecksekunde brachen beide in Lachen aus. Der Mann kehrte auf den Gehweg zurück, herzte die Frau, und gemeinsam warteten sie auf die Grünphase.

Beim Anblick des glücklichen Paares wurde ihm das Herz für einen Augenblick schwer. Das letzte Weihnachtsfest hatte er noch mit Sabine zusammen gefeiert, allerdings war es nicht ohne Spannungen abgegangen, und zu Jahresbeginn hatte sie ihm dann eröffnet, dass sie ihn nicht mehr lieben und ihn verlassen würde. Und dieses Weihnachtsfest würde er ohne seine Geschwister, ohne Sabine, aber dafür mit einem Kater begehen. Vielleicht war das gar nicht mal so schlecht.

Der Kater lag auf dem Sofa, auf dem Stefan ihm seine alte Decke aus Pauls Haus ausgebreitet hatte, und sah ihm beim Denken zu. Zu Beginn ihres Zusammenlebens war es ihm ein bisschen merkwürdig vorgekommen, dass dieser Kater ihn zu beobachten schien, inzwischen hatte er sich schon daran gewöhnt. Stefan hatte jedenfalls den Eindruck, dass das Tier ihm eine ganze Menge zu sagen hätte, wenn es nur sprechen könnte.

»Ich geh mal kurz runter, Dicker«, verkündete er. »Bin aber gleich wieder da.«

Bruno nahm die Nachricht mit stoischer Gelassenheit zur Kenntnis und rührte sich auch nicht, als Stefan seinen Wintermantel anzog und in seine Stiefel stieg. Den Schal wickelte er sich um den Hals, als er den Fahrstuhl betrat. Über den schneebedeckten Gehweg ging er zu dem Zeitschriftenladen am Ende der Straße und deckte sich mit Zeitungen und Fachzeitschriften ein. Auf dem Rückweg kam er an dem mit einem provisorischen Zaun umgebenen Areal vorbei, auf dem in jedem Jahr Weihnachtsbäume angeboten wurden. Während der Zeit ihres gemeinsamen Zusammenlebens hatte Sabine immer den Tannenbaum besorgt und geschmückt.

Als er die verschiedenen Nadelbäume betrachtete, fiel ihm die Szene mit dem Paar wieder ein, das er auf der Straße beobachtet hatte. Es war ein romantischer Moment gewesen, der ihn hatte wehmütig werden lassen, und der Gedanke, dass Bruno und er Heiligabend ohne Tanne dasaßen, erschien ihm reichlich trostlos.

Stefan klemmte sich die Zeitschriften unter den Arm und ging durch die Öffnung im Zaun. Als er einen Zweig befühlte und ihn die Nadeln durch die Strickhandschuhe in den Finger stachen, zuckte er zurück.

Der in wetterfeste Ledermontur gekleidete Verkäufer grinste breit und empfahl ihm eine Nordmanntanne, die weichere Nadeln habe und nach Harz dufte. Mit ein bisschen Wasser würde sie auch erst im neuen Jahr zu nadeln beginnen, erklärte er.

Also schleppte Stefan kurz darauf eine Nordmanntanne nach Hause und schaffte sie in den Fahrstuhl.

Bruno öffnete ein Auge, als Stefan den riesigen Baum hereinschleppte. Interessiert nahm er zur Kenntnis, dass sein Mensch die gekauften Zeitschriften und den Mantel ablegte und wieder im Fahrstuhl verschwand.

Zwischen all dem unnützen Gerümpel im Keller, das Sabine ihm dagelassen hatte, fand Stefan den Karton mit Weihnachtsbedarf, darunter auch einen Ständer für den Tannenbaum, den man mit Wasser befüllen konnte.

Bruno, der eben wieder eingenickt war, öffnete erneut ein Auge, als Stefan mit einem großen Karton zurückkehrte.

Stefan zog sich diesmal Lederhandschuhe an, ehe er den Baum anfasste, um den Stamm in den Baumständer zu stecken. Er fand heraus, dass man das Pedal mit dem Fuß betätigen musste, um die Krallen zusammenzuführen, die den Stamm hielten. Anschließend schnitt er das Netz auf, das die Zweige zusammengehalten hatte, und machte sich dann über den Inhalt des Kartons her. Sabine hatte Stunden damit zugebracht, die vielen Kugeln in poppigen Farben aufzuhängen. Ihm stand der Sinn eigentlich nicht danach, den Baum wie eine Diskokugel zu schmücken, und er entschied sich für blaue und silberfarbene Kugeln. Er legte sich die Kugeln zurecht und begann, den Baum von der Spitze her zu schmücken. Er hatte ein Drittel des Baumes geschafft, als das Telefon läutete. Mit einer Kugel in der Hand lief er zum Schreibtisch.

»Schuster, hallo.«

»Guten Tag, Herr Schuster. Mein Name ist Nina Lehmann. Ich habe Ihre Telefonnummer von Frau Kampmann. Sie hat mir gesa…«

Hinter Stefan schepperte es, dann war es einen Moment lang still, ehe es einen Knall gab, gefolgt von dem Geräusch zerberstenden Glases. Er wandte sich um und sah eben noch Bruno vom Unfallort flüchten. Der Baum hatte sich aus dem Tannenbaumfuß gelöst und beim Umstürzen das kleine Tischchen mit dem Silberzeug umgerissen. Jetzt lag die Tanne in einem Meer aus Silbergeschirr und bunten Scherben, die einmal Baumkugeln gewesen waren.

»Frau Lehmann, es tut mir leid. Hier ist gerade etwas passiert. Ich schreib mir mal schnell Ihre Nummer auf und rufe Sie so bald wie möglich zurück.«

Nachdem er ihre Telefonnummer notiert hatte, machte Stefan sich auf die Suche nach dem Kater. Er fand ihn wieder unter dem Bett, und er hatte ein Déjà-vu, als er versuchte Bruno zu überreden, darunter hervorzukommen. Die Blutspur, die Bruno hinterlassen hatte, war ein deutliches Zeichen dafür, dass der Kater wieder verletzt war.

Wenig später sah der Tierarzt von Bruno, der treuherzig vom Behandlungstisch zu ihm aufblickte, zu Stefan, der die Katze mit gerunzelter Stirn betrachtete.

»Was genau ist das Problem mit Ihnen beiden?«, fragte der Arzt.

Stefan sah ihn ratlos an. »Ich weiß es nicht. Ich glaube, er hat eine Telefonphobie. Jedes Mal, wenn ich telefoniere, springt er irgendwo drauf und reißt alles ein. Er ist in den Tannenbaum gesprungen, wissen Sie?«

Der Tierarzt nickte. »Geschmückt?«

»Ich war gerade dabei, als das Telefon klingelte.«

»Katzen lieben es, wenn es glitzert und funkelt.«

»Aber doch nicht Bruno. Jedenfalls dachte ich, dass er sich nichts aus Flitter und Tand macht.«

Der Tierarzt seufzte. »Vielleicht müssen Sie Ihre Wohnung daraufhin überprüfen, ob sie katzensicher ist.«

Stefan hob eine Augenbraue.

»Meine Mitarbeiterin kann Ihnen gern ein paar Tipps geben. Sie ist nur im Moment damit beschäftigt, einer Katzenhalterin das Verabreichen von Spritzen zu erläutern.« Er zog sich einen Drehhocker an den Behandlungstisch und setzte sich die Stirnlupe vor die Augen. »Na, Bruno, dann zeig mal deine Pfote.«

Mit einer Pinzette entfernte der Arzt Splitter aus blauem Glas, desinfizierte die Wunde und verband die Pfote. Als er eben Bruno ermahnen wollte, den Verband nicht wieder selbst zu entfernen, machte der Kater einen Satz vom Behandlungstisch und flitzte durch die geöffnete Tür des Behandlungsraumes in den Flur der Praxis, gefolgt von Stefan und dem Tierarzt, die allerdings den Flur entlang weiterliefen, während Bruno gleich nach links in den zweiten Behandlungsraum abbog. Lisa und die Tierarzthelferin sahen erschrocken auf. Daisy nutzte die Gunst des Augenblicks und sprang vom Behandlungstisch auf den Boden. Lisa, die eine noch nicht benutzte Spritze in der Hand hielt, sah beide Katzen unter dem Arzneischrank verschwinden.

»Wir haben keine Zeit. Wir müssen uns beeilen, ehe sie versuchen, uns mit einem Besenstiel hier herauszuscheuchen«, keuchte Bruno.

»Dann quassel nicht, schieß los.«

»Bei meinem Menschen ist ein hochwichtiges Stück Papier. Mein alter Mensch Paul hat es beschrieben. Soweit ich verstanden ha…« Bruno versuchte die beiden Augenpaare zu ignorieren, die unter den Schrank blickten.

»Paul«, fuhr er fort, »so heißt mein alter Mensch, wollte auf keinen Fall, dass das Pack das Haus bekommt.«

»Welches Pack?«

»Hör zu und unterbrich mich nicht. Mein neuer Mensch ist etwas labil, was das angeht, und die beiden anderen aus seinem Wurf wollen sich das Haus unter den Nagel reißen.«

»Verstehe. Aber wer soll denn das Haus nun tatsächlich bekommen?« Daisy rückte ein bisschen dichter an Bruno heran, als eine Hand unter den Schrank fasste.

»Deine neue Menschin, wenn du mich fragst.« Bruno schubste Daisy ein Stück beiseite, um der Hand der Tierarzthelferin zu entgehen, die von der anderen Seite unter den Schrank griff. »Ich kann mich erinnern, dass sie früher manchmal bei meinem alten Menschen Paul zu Besuch gewesen ist. Ey!« Die Hand hatte sich tatsächlich erdreistet, ihn am Schwanz zu packen. »Das ist allerdings schon ziemlich lange her. Aber ihr Geruch dürfte derselbe sein, der noch im Haus war, als ich eingezogen bin. Da hat sie dort nicht mehr gewohnt. Verdammt! Loslassen!« Hilflos musste Bruno mit ansehen, wie jemand Daisy unter dem Schrank hervorzog.

Lisa drückte Daisy an die Brust. »Hey, du mit diesem Schwerenöter unter einem Schrank? Ich weiß nicht, ob ich das zulassen kann.«

Stefan, der allmählich Übung darin hatte, bäuchlings auf dem Boden liegend Bruno unter irgendetwas hervorzuziehen, robbte rückwärts, die Vorderläufe des Katers mit beiden Händen fest gepackt.

»Wir sollten ein Katzenseminar geben«, stellte der Tierarzt kopfschüttelnd fest.

Seine Mitarbeiterin grinste. »Eine sehr gute Idee.« Sie wandte sich an Stefan. »Haben Sie Erfahrung darin, Katzen Spritzen zu verabreichen?«

»Bisher nicht, aber wenn's hilft«, stotterte Stefan. »Ist das denn nötig bei einer Schnittverletzung?«

»Verstehe ich jetzt auch nicht«, wandte der Tierarzt ein.

»Na ja, die beiden verstehen sich doch prächtig«, erwiderte die Helferin frech, und Lisa errötete. »Die beiden Katzen«, ergänzte die junge Frau. »Und deshalb dachte ich, dass Sie sich vielleicht ein wenig unterstützen könnten. Frau Kampmann hat gewisse Schwierigkeiten, ihrer Katze die nötigen Insulinspritzen zu geben, und Herr Schuster kommt offenbar noch nicht so richtig mit der Psyche einer Katze zurecht.« Lisa und Stefan wollten beide etwas einwenden, aber die Sprechstundenhilfe fuhr fort. »Und Sie kennen sich doch, oder?«

Die beiden Angesprochenen sahen sich perplex an.

Der Tierarzt wandte sich um. »Vielleicht können Sie das unter sich ausmachen. Und wenn Bruno sich nicht schon vorher den Verband runterreißt, kommen Sie in zwei Tagen zur Kontrolle.« Mit einem Nicken verließ er den Raum.

Etwas unschlüssig sah Stefan zu Lisa und ihrer Katze. »Wir können gern darüber sprechen, falls das ernst gemeint gewesen war, aber ich muss jetzt weg.«

Nachdem sie ihre Katzen in den Transportkörben verstaut und die Behandlungen bezahlt hatten, standen sie vor der Tür der Praxis. »Ach, du Scheiße!«, rief Stefan. »Ich wollte diese Frau Lehmann zurückrufen, Ihre Freundin, mit dem Umbau. Und ihre Telefonnummer steht zu Hause auf dem Block auf dem Schreibtisch. Und ich muss jetzt dringend was erledigen.«

Lisa grinste. »Kein Problem. Halten Sie mal.« Sie reichte ihm Daisys Katzenkorb, zog ihr Handy aus der Tasche und klickte die Nummer im Register an. »Nina? Der Kater von Herrn Schuster hatte einen kleinen Unfall, deshalb musste er so plötzlich auflegen.« Lisa wollte Nina nicht die Zeit lassen, um eine anzügliche Bemerkung zu machen, und fuhr fort: »Er hat jetzt einen Termin, aber danach könnte er sich mit dir treffen. Ich gebe mal mein Handy an ihn weiter.«

Sie reichte ihr Handy im Tausch gegen beide Katzenkörbe an Stefan weiter. Er sprach kurz mit Nina und verabredete sich mit ihr. Anschließend steckte er das Handy in die Manteltasche und wollte davoneilen.

»Hallo, Herr Schuster!« Mit den beiden schweren Katzenkörben in den Händen konnte Lisa nicht einmal ein Zeichen geben. »Ihr Kater!«

Stefan blieb abrupt stehen. »Verdammt!« Er kam ein paar Schritte zurück. »Sagen Sie, wäre es zu viel verlangt, wenn Sie ihn mit zu sich nehmen? Dann muss ich ihn nicht überall mit hinschleppen. Ich hole ihn dann nachher ab.«

Lisa seufzte. Sie konnte nur hoffen, dass die beiden sich vertrugen, wenn sie allein waren. Schließlich musste sie zur Arbeit. »Ja, ist in Ordnung.«

Er wandte sich schon wieder um und winkte mit der rechten Hand. »Danke.«

Erst als er in seinen Wagen gestiegen war und anfuhr,

fiel Lisa ein, dass es ihr Handy war, das er in die Manteltasche gesteckt hatte. Dafür hatte er ihr den Kater dagelassen. »Na toll.« Sie schleppte die Körbe zum Auto und stellte sie auf den Rücksitz. Dann würde sie jetzt beide Katzen in ihre Wohnung bringen, und dann musste sie zusehen, dass sie zu ihrer neuen Arbeitsstelle kam.

Bruno hatte klaglos hingenommen, dass ihn diese Menschin in ihren Wagen verfrachtet hatte. Dass sein eigener Dosenöffner ihn beinahe vergessen und ausgesprochen bereitwillig bei ihr zurückgelassen hatte, hatte dagegen schon etwas geschmerzt. Andererseits gab ihm das die Möglichkeit, den Tag mit Daisy zu verbringen, und das versöhnte ihn doch mit der Situation. Trotzdem musste er dringend gegenüber seinem neuen Menschen klarstellen, dass er in den letzten Tagen genug mitgemacht hatte und nicht scharf darauf war, ständig herumgereicht zu werden.

Schließlich wurden ihre beiden Körbe schaukelnd in Lisas Wohnung im Flur abgestellt, wo sie die Gitter öffnete und ein paar freundliche Worte in ausgesprochen angenehmer Tonlage sagte, wie Bruno zur Kenntnis nahm. Während er erst einmal die Lage sondierte, stolzierte Daisy mit hocherhobenem Schwanz in die Küche zu ihrem Napf. Er blieb in der Küchentür stehen. »Hallo! Wir zwei haben noch etwas zu bereden.«

»Sofort«, erwiderte Daisy mit vollem Maul. »Ich hab einen furchtbaren Hunger. Geh schon mal ins Wohnzimmer. Ich komm gleich.«

Bruno erhob sich und humpelte ins Wohnzimmer, in dem ein Tannenbaum stand. Rundherum auf dem Boden lagen Schachteln mit Christbaumkugeln und Lametta, um die er vorsorglich einen Bogen machte. Gott sei Dank sah niemand, wie es ihm erst im zweiten Anlauf gelang, auf die Sitzfläche des Sofas zu gelangen. Man nahm wirklich einige Opfer auf sich, um diese Angelegenheit in Ordnung zu bringen. Das Ganze grenzte schon an Selbstverstümmelung. Genüsslich schabte er mit der Zunge über den äthergetränkten Verband. Der konnte von ihm aus jetzt dranbleiben. Heute hatte es hoffentlich zwischen den beiden Dosenöffnern gefunkt, und er konnte sich weitere häusliche Unfälle, die eine tierärztliche Behandlung notwendig machten, in Zukunft sparen. Sehr angenehm war das nämlich nicht.

Daisy hatte in der Zwischenzeit ihren Napf geleert, ein bisschen Wasser geschlabbert und saß jetzt in der Wohnzimmertür, wo sie in aller Ruhe eine ausführliche Katzenwäsche durchführte.

»Das machst du doch jetzt mit Absicht«, maulte Bruno.

»Natürlich mache ich das absichtlich. Hygiene ist wichtig. Solltest du wissen.« Damenhaft stolzierte sie durch den Raum, um dann auf das Sofa zu springen, wo sie nach einer umständlichen Prozedur endlich Platz nahm.

»Wenn mein Dosenöffner zurückkommt, haben wir wieder keine Zeit mehr, um in Ruhe zu besprechen, was zu tun ist.«

Daisy zog ihre Zunge über die elegant gestreckte Pfote. »Dann mach weiter. Ich bin ganz Ohr.« Zur Bekräftigung fuhr sie sich mit der Pfote von hinten über das Ohr.

»Wo war ich noch mal stehengeblieben?«, fragte Bruno verwirrt.

»Ich weiß nur noch, dass die Rede von Pack und Geruch war.«

»Ah ja, jetzt weiß ich wieder. Also, deine Lisa …«

»Sie ist nicht meine Lisa.«

»Hör mal, wenn wir in dem Tempo weitermachen, wird das nie was.«

»Es geht hier nicht um Tempo, sondern um Genauigkeit.« Daisy legte den Kopf schief. »Jedenfalls dachte ich bisher, dass sie nicht meine Lisa ist. Aber wenn ich es mir genau überlege, läuft es über kurz oder lang doch darauf hinaus.«

Bruno kam nicht mehr mit. »Was?«

»Na, ich habe den Eindruck, dass ich dauerhaft hier bleiben soll. Zuerst habe ich gedacht, dass ich vorübergehend hier wohne.« Daisy legte den Kopf zwischen die Vorderpfoten. »Aber inzwischen glaube ich, dass das hier jetzt mein neues Zuhause ist.«

Bruno sah sich um. »Tatsächlich? Ist doch gar nicht mal schlecht.« Er legte sich auf die Seite, um unauffällig etwas dichter an Daisy heranrutschen zu können. »Ich hatte auch überhaupt keine Einwendungen gegen meinen bisherigen Dosenöffner, obwohl er ein Mann ist. Aber wie man so hört, sind die weiblichen Menschen einfühlsamer, aufmerksamer und gefügiger als die männlichen Dosenöffner.«

»Meine bisherige Menschin hat sich sehr bemüht, aber sie hatte genug mit ihrem eigenen Wurf zu tun. Und jetzt auch noch mit ihrer Mutter.« Daisy seufzte. »Ich glaube, da habe ich gestört.«

Bruno streckte sich ein wenig, bis sie Rücken an Rücken lagen. »Das kann ich mir gar nicht vorstellen. Dass du irgendwo störst.«

»War aber so. Und was ist mit deinem neuen Menschen? Störst du den?«

Bruno begann behaglich zu schnurren. »Ich glaube nicht. Ich schätze nur, dass er nicht allzu erfreut ist, dass wir alle naslang zum Tierarzt müssen.«

»Tja, merkwürdigerweise haben die Menschen größere Probleme damit als wir selbst. Aber wenn dein Mensch hilft, mir die Spritze zu geben, hat dieses Theater möglicherweise ein Ende.«

Bruno, der sich dazu hatte hinreißen lassen, sich auf den Rücken zu drehen, weil er dann noch dichter an Daisy heranrücken konnte, ohne dass es allzu sehr auffiel, war doch tatsächlich kurz eingenickt.

»Genau«, schnurrte er bestätigend.

»Du hörst mir doch gar nicht zu. Hattest du nicht irgendetwas davon gesagt, dass wir eine furchtbar eilige Angelegenheit zu klären hätten?« Daisy seufzte zufrieden und lauschte Brunos Schnurren und Schnarchen. Und während sie auf eine Antwort wartete, schlief sie ebenfalls ein.

Sie war zwar etwas spät dran, trotzdem nahm sich Lisa die Zeit, das Gebäude, in dem sich das Café befand, einmal von außen zu betrachten. Bisher hatte sie sich lediglich auf die Schaufenster der Geschäfte und Lokale konzentriert, jetzt warf sie auch einen Blick auf die Fassaden. Und die waren eigentlich recht schön. Das Haus der Offensteins, in dem sich unten das Café und oben die Wohnung von Mutter und Sohn befanden, waren in einem schönen Fachwerkhaus untergebracht, direkt neben einem Bekleidungsgeschäft, in dessen Schaufenster eine Lichterkette hing und Sterne funkelten. Lisa blieb so abrupt stehen, dass ein Passant gegen sie stieß. Sie entschuldigte sich und trat einen Schritt beiseite. Sie war gestern so auf das Vorstellungsgespräch fixiert und später so beschäftigt gewesen, dass ihr nicht aufgefallen war, dass das Café völlig ungeschmückt war. Es sah aus, wie es das ganze Jahr über aussah. Kein bisschen Weihnachtsschmuck.

Die Luft war weiß von Schnee. Überall flirrten kleine Schneeflocken herum. Lisa zog ihre Mütze tiefer über die Ohren und den Schal enger um den Hals. Über die Fußgängerzone waren Lichtergirlanden gespannt, ein paar Meter weiter stand ein riesiger Weihnachtsbaum, vor dem in einem großen Lehnstuhl der Weihnachtsmann saß. Es war halb zehn vormittags, und schon jetzt hatte sich eine Gruppe wartender Kinder eingefunden, begierig darauf, als Lohn für das Aufsagen eines Gedichts ein Geschenk aus dem großen Sack zu erhalten.

»Ah, Lisa«, begrüßte Herr Offenstein sie. Er stand hinter dem Tresen und polierte Gläser. »Guten Morgen.«

»Guten Morgen.« Lisa ging in den Personalraum und

zog ihren Mantel aus. Anschließend stellte sie die Kaffeemaschine an und inspizierte die Kuchentheke, die ziemlich dürftig bestückt war.

Herr Offenstein stellte das letzte Glas ins Regal. »Ich geh gleich in die Backstube. Können Sie vielleicht bedienen? Ina kommt heute etwas später, und ich muss noch mal nach oben zu meiner Mutter.«

»Natürlich.« Lisa ging in den Gastraum. »Herr Offenstein, darf ich Sie mal was fragen?«

»Nur zu.«

»Es …« Sie wusste nicht, wie sie es formulieren sollte, ohne ihren neuen Arbeitgeber zu beleidigen. »Vielleicht würde sich etwas Weihnachtsschmuck gut machen.« Sie biss sich auf die Unterlippe. Hoffentlich war das diplomatisch genug gewesen.

»Da haben Sie völlig recht. Ich habe nur noch keine Zeit gehabt.« Er ging zur Tür, hinter der die Treppe ins Obergeschoss lag. »Die Sachen stehen unter der Kellertreppe.«

Lisa hatte keine Zeit, darüber nachzugrübeln, was er ihr damit sagen wollte. Einfach nur eine Mitteilung? Oder eine Anweisung, sich um die Weihnachtsdekoration zu kümmern? Denn die alte Dame, die Lisa schon am Vortag am Ecktisch gesehen hatte, betrat das Café. Sie stutzte kurz, vermutlich weil sie niemanden der ursprünglichen Belegschaft entdeckte, hängte dann aber ihren Hut an den Garderobenhaken und ging zu ihrem Tisch. »Ich nehme ein Kännchen Kaffee, ein Käsebrötchen und einen Kirschplunder.«

Während Lisa das Gewünschte zusammenstellte, befielen sie doch Zweifel, ob sie sich hier jemals wohlfühlen würde. Die Einrichtung des Cafés war überhaupt nicht gemütlich, und Herr Offenstein gab sich noch nicht einmal Mühe, es mit ein wenig Dekoration wenigstens weihnachtlich zu schmücken. Und der Inhalt des Kuchentresens war äußerst mager. Neben einem Sandkuchen standen eine wenig ansehnliche Marzipantorte und eine angeschnittene Schwarzwälderkirschtorte vom Vortag. In ihrem eigenen Lokal hätte sie sich mit diesem Angebot geschämt. Und hier tat sie es ebenfalls.

Als Ina mit einiger Verspätung eintraf, war Herr Offenstein immer noch nicht aus der Wohnung zurückgekehrt. So ging das einfach nicht. Sie schafften es ja kaum, zu zweit die Gäste zu bedienen, an die Produktion von Kuchen und das Belegen von Brötchen war daneben kaum zu denken, geschweige denn daran, den Weihnachtsschmuck anzubringen. Sie musste sich irgendetwas überlegen. Entweder sie kündigte gleich wieder, oder sie nahm die Sache in die Hand.

Zu Stefans Überraschung stand nur Peters Wagen vor Paul Schusters Haus. Von Sybille war nichts zu sehen. Der Gehweg vor dem Haus war frisch geschippt, den Schnee hat jemand über den Gartenzaun in Pauls Garten geworfen. Auch ein Stück Weg zum Haus war bereits vom Schnee befreit. Stefan entdeckte Peter, der in eine dicke Daumenjacke gemummelt den Schneeschieber vor sich herschob, die Ladung anhob und sie auf den schneebedeckten Rasen warf.

»Hallo, Bruderherz.« Stefan schlug Peter auf die Schulter. »Wo ist denn unsere Schwester heute?«

Peter richtete sich auf und stützte sich auf den Stiel des Schneeschiebers. »Die ist heute nicht so gut drauf.« Seine Wangen glühten, und er schob sich die Strickmütze aus der Stirn. »Sie hat gesagt, du hättest das Testament gefunden und es mit nach Hause genommen. Du hast uns nichts davon erzählt.«

»Nein.«

»Sybille hat gemeint, sie weiß nicht, ob es gutgeht, wenn sie dich sieht und sich wieder dein Gutmenschengeschwafel anhören muss.« Peter hob entschuldigend die Schulter. »Sorry, ich zitiere nur.«

Stefan, der diesmal daran gedacht hatte, gefütterte Stiefel anzuziehen, zog mit der Stiefelspitze eine Linie in den Schnee. »Hör mal, sie hat mir gesagt, dass du deine Arbeit verlierst und das Geld gut gebrauchen kannst.«

Peter, der immer noch auf den Holzstiel gestützt dastand, hatte den Blick in die Ferne gerichtet. »Stimmt wohl, ja.«

»Ich hab meine Arbeit auch verloren.«

Peter sah ihn überrascht an. »Echt jetzt?«

»Echt jetzt. Der Laden lief nicht mehr gut, und sie mussten alle entlassen.«

»Du könntest das Geld also auch gut gebrauchen.«

»Ich könnte das Geld auch gut gebrauchen. Richtig.«

Stefans Bruder nickte. »Aber du willst ehrlich bleiben.«

»Ehrlich und anständig. Er war unser Onkel, und ich finde, dass man den letzten Willen eines Menschen beachten muss.«

Seufzend machte Peter sich wieder an die Arbeit. »Eine hehre Einstellung, die ich mir aber nicht leisten kann.«

Stefan überging den Einwand. Immerhin hatte Peter nicht von ihm verlangt, das Testament zu vernichten. Oder angeboten, es selbst zu vernichten, so wie Sybille es getan hatte. »Hast du den Hausschlüssel?«

Peter machte eine Kopfbewegung über die Schulter. »Linke Hosentasche. Was willst du denn da drin?«

»Gucken, ob ich einen Hinweis auf diese Elisabeth finde. Außerdem müssen wir uns endlich mal um die Beerdigung kümmern.«

»Nur zu.« Peter wandte ihm den Rücken zu.

Peter war nicht ganz so unerbittlich wie Sybille, aber in der Sache waren die beiden sich ziemlich einig. Stefan war sich durchaus bewusst, dass er mit seiner Meinung allein dastand. Er schloss die Haustür auf und lauschte einen Moment in die Stille, ehe er die Tür hinter sich zuzog. Er hatte keine Ahnung, wie sein Onkel gelebt hatte und womit er seine Tage zugebracht hatte, wenn alles Nötige wie einkaufen, Katze versorgen und im Garten arbeiten erledigt war.

Hatte er gelesen? Hatte er Freunde gehabt? Mit der Nachbarin über den Zaun gequatscht vielleicht, aber viele Freunde hatte er wohl nicht gehabt. Sie müssten eine Anzeige in die Zeitung setzen, und vielleicht fand sich auch ein Adressbuch, dem sie Anschriften von Freunden entnehmen konnten. Dann konnten sie immerhin Trauerkarten verschicken. Von seinem ersten gemeinsamen Besuch im Haus wusste er, dass Paul seine Unterlagen im Wohnzimmer aufbewahrt hatte, wo auch der Sekretär stand.

Er klappte die Schreibfläche herunter und zog die Schubladen auf, aber bis auf ein paar Stifte und einige Büroklammern waren sie leer. Er sah sich um und überprüfte alle Fächer und Schubladen. In dem kleinen Schränkchen, auf dem der Fernseher stand, lagen alte Telefonbücher und die Plastikdecke für den Gartentisch, und im Sideboard war das gute Geschirr für besondere Anlässe untergebracht. Die Schränke und Schubladen der Schrankwand waren sämtlich leer. Sybille hatte ganze Arbeit geleistet und für ihre eigene Ordnung gesorgt. Stefan war sich sicher, dass sie den Schlüssel am Vortag sehr wohl bei sich gehabt und sofort, nachdem er gegangen war, alles weggeworfen hatte.

Stefan durchkämmte alle Räume. Den Inhalt der Küchenschränke hatte seine Schwester auf dem Küchentisch sortiert, und im Nachtschrank im Schlafzimmer fand er nur Socken, Taschentücher und einen Roman. Kopfschüttelnd stieg er die Treppe wieder hinunter. Es musste doch irgendwo irgendetwas Persönliches geben. Irgendetwas, das Sybille übersehen hatte. Er wollte nicht glauben, dass sie seine Naivität so ausgenutzt hatte und es ihr gelungen war, sämtliche Spuren zu vernichten, die ihn zu Elisabeth hätten führen können. Ein Fotoalbum vielleicht oder Briefe. Aber vermutlich hatte Sybille gerade auf diese Sachen besonderes Augenmerk gelegt.

Ratlos stand er kurz darauf wieder im Wohnzimmer. Offensichtlich war das neben der Küche Pauls Lieblingsraum gewesen. Die Armlehnen seines Fernsehsessels waren schmuddelig und abgewetzt, auf dem Couchtisch hatte er alles versammelt, was er in Reichweite benötigte. Die Fernsehzeitung, ein Rätselheft, Tabletten, die Lesebrille, ein paar Stifte. Und ein paar Briefe. Stefan sah die noch ungeöffneten Umschläge durch, die Sybille offenbar übersehen hatte, aber es waren nur die Telefonrechnung, eine Mitteilung über die Erhöhung des Strompreises und der jüngste Kirchenbrief. Seufzend sah er sich um. Natürlich, Paul hatte gelesen. In der Schrankwand standen eine Menge Bücher. Er nahm eines heraus und blätterte es durch. Ein Foto fiel heraus. Er bückte sich danach und hob es auf. Es zeigte Ruth. Er erkannte sie an den dunklen Locken und dem freundlichen Lächeln. Die Aufnahme musste schon ziemlich alt sein, denn Ruth sah darauf noch recht jung aus. Er nahm noch ein paar andere Bücher heraus und fand in einigen weitere Fotos. Auf den meisten war Ruth zu sehen, wie sie auf der Terrasse saß und Kaffee trank und wie sie auf dem Sofa schlief.

Als Stefan einen Krimi aus dem Regal nahm, fiel etwas heraus. Er bückte sich danach und hob den Briefumschlag auf. Die Handschrift, in der Pauls Adresse geschrieben war, kannte er. Stefans Vater hatte immer sehr ordentlich geschrieben, geradlinig und ohne Schnörkel. Der Umschlag war ungeöffnet.

Stefan kniff die Augen zusammen und versuchte den verblichenen Poststempel zu entziffern. Neunundzwanzigster Mai neunzehnhundertfünfundachtzig. Sein Vater hatte den Brief zu einem Zeitpunkt geschrieben, als er und Paul bereits seit etwa fünf Jahren zerstritten gewesen waren. Stefan erinnerte sich daran, dass er etwa fünf Jahre alt gewesen war, als der Kontakt zwischen seinem Vater und Paul abgebrochen war. Und das alles war inzwischen mehr als dreißig Jahre her. Er steckte den Brief und die Fotos in die Manteltasche, auch wenn die Bilder ihm nicht weiterhelfen würden.

Er sah noch ein paar Bücher durch, fand aber keine weiteren Fotos und Briefe mehr.

Das schabende Geräusch, das der Schneeschieber auf den Gehwegplatten gemacht hatte, war nicht mehr zu hören. Peter würde vermutlich gleich hereinkommen. Und Stefan hatte keine Ahnung, wie er diese Elisabeth jemals finden sollte, ohne irgendeinen Anhaltspunkt zu haben. Er erinnerte sich, dass Ruth und Elisabeth verschiedene Nachnamen gehabt hatten. Stefan hatte seine Mutter damals völlig verwirrt gefragt, wie das passieren konnte, ob da irgendjemand nicht aufgepasst habe. Seine Mutter hatte gelächelt und ihm erklärt, dass Elisabeth geboren worden war, ehe Ruth geheiratet und einen anderen Namen angenommen hatte. Und Ruths Ehemann hatte Elisabeth nicht seinen Namen gegeben. Stefan hatte das damals ziemlich fies gefunden, und so empfand er heute wieder, denn es erschwerte ihm die Suche, wenn es sie ihm nicht gar unmöglich machte. Wenn er wenigstens irgendwelche alten Unterlagen von Ruth finden würde! Dann könnte er damit möglicherweise seine Suche beginnen! Tatsächlich hörte er, wie der Schlüssel im Haustürschloss gedreht wurde, wo er ihn hatte stecken lassen. Hastig sah er sich um. Dies erschien ihm als die letzte Möglichkeit, noch irgendetwas in diesem Haus sicherzustellen, bevor Sybille auch die letzten Papiere vernichten oder ihm den Zutritt zum Haus verwehren würde. Ohne nachzudenken, steckte er den Deutschlandführer ein, der auf dem Couchtisch lag.

Kurz darauf betrat Peter das Wohnzimmer. »Na, hast du gefunden, was du suchst? Ich bin mit dem Schippen fertig und will jetzt gehen.«

»Ich hab zwar nicht gefunden, was ich suche, aber ich schätze, dass Sybille das, was ich suche, schon gefunden hat.«

»Herrje, hör doch endlich mal auf mit dem Theater! Sie hat doch recht.« Peter stemmte die Fäuste in die Jackentaschen. »Wolltest du dich nicht um die Beerdigung kümmern?«

»Mach ich jetzt auch.« Stefan ging zur Tür.

»Sybille hat mir aufgetragen, dich nach deiner Geburtsurkunde zu fragen.«

»Ich hab keine.«

»Mensch, Stefan. Sie hat schon alles zusammen. Deine Geburtsurkunde ist das Einzige, was noch fehlt.«

»Und das wird auch so bleiben!« Stefan schlug die Haustür hinter sich zu, aber Peter war ihm gefolgt und riss die Tür wieder auf. »Ich wäre dir übrigens dankbar, wenn du Margret an Heiligabend nichts von meiner beruflichen Situation sagen würdest!«

Stefan stieg in seinen Wagen und warf Buch, Fotos und Briefumschlag auf den Beifahrersitz. Peter schien es wirklich schlechtzugehen, wenn er noch nicht einmal seiner Ehefrau etwas von seiner bevorstehenden Kündigung erzählt hatte. Margret arbeitete nicht, und Peter war Alleinverdiener. Seine Frau würde nicht begeistert sein, wenn sie einen arbeitslosen Ehemann hatte, wegen seines Alters mit schlechten Aussichten für eine neue Stelle. Die Erbschaft würde Peter helfen, über die Runden zu kommen.

Für eine Sekunde geriet Stefan wieder ins Schwanken, aber natürlich war das kein Argument dafür, Pauls Letzten Willen zu ignorieren. Stefan dachte an Brunos eindringlichen Blick, mit dem der ihn bedacht hatte, als er in der Badewanne gelegen hatte. Und er war sich immer noch nicht sicher, ob es wirklich Zufall gewesen war, dass der Kater das Testament vor der sicheren Vernichtung gerettet hatte. Er startete den Wagen. Er musste stark bleiben und sich den Angriffen seiner Geschwister widersetzen. Als Erstes musste er allerdings zu Frau Lehmann, um mit ihr die Umbaupläne für ihr Haus zu besprechen.

Gegen Mittag war Lisa so weit, alles hinzuschmeißen und zum Arbeitsamt zu gehen. Um kurz vor elf war eine Gruppe Senioren in das Café eingefallen, hatte sämtliche Kuchenreserven verputzt, literweise Kaffee getrunken und Ina und sie auf Trab gehalten. Ihr neuer Chef hatte sich kein einziges Mal blicken lassen, daher waren sie jetzt ein Café ohne Kuchen im Angebot. Während sie beschäftigt gewesen war, hatte Lisa keinen Sinn für den trostlosen Anblick des Gastraumes gehabt, aber jetzt, vor der leeren Glastheke, erschöpft und mit schmerzenden Füßen, fiel ihr wieder auf, wie grässlich es hier aussah. Jede Bahnhofswartehalle hatte mehr Charme. Wenn sie nicht jeden Tag an das, was hätte sein können, erinnert werden wollte, musste sie etwas unternehmen: Entweder sie ging, oder sie änderte etwas. Ina musterte sie kritisch.

Lisa ließ den Blick über die leeren Tische schweifen. »Kommst du hier eine Weile ohne mich zurecht?«

Ina hob fragend eine Augenbraue.

»Ich bin nicht weit. Nur in der Küche.«

»Okay?« Es klang fragend.

Die Küche war nur teilweise professionell eingerichtet. Um die Anschaffung eines neuen Backofens war Herr Offenstein wohl nicht herumgekommen, aber die übrige Einrichtung sah ziemlich alt aus. Wenigstens waren die Vorratsschränke gut bestückt. So weit, ihre berühmte Wikingertorte für das Café Offenstein zu backen, war es noch nicht. Das Rezept für diese Torte war in ihrer Familie von Generation zu Generation weitergegeben worden, und ihre Großmutter hatte es schließlich Lisa vererbt. Aber Lisa war bereit, ihre Sahnequarktorte mit Kirschen und Kardamom und die Schokoladentorte mit Buttercreme zu backen. Damit würde sie nicht allzu viele Berufsgeheimnisse preisgeben, und wenn die ersten Gäste zum Nachmittagskaffee eintrafen, würden sie ihnen schließlich irgendetwas anbieten müssen. Sie stellte die Zutaten bereit und begann, den

Teig für beide Torten zuzubereiten. Während der Boden für die Quarktorte im Ofen buk, rührte Lisa die Quarkmasse an, und während der Schokoladenteig buk, machte sie sich an die Buttercreme. Weil sie noch ein wenig darauf warten musste, bis die Tortenböden abkühlten, ehe sie die Torten zusammensetzen konnte, rührte sie einen Lebkuchenteig an und stach Sterne und Stiefel aus. Ina war ein paar Mal hereingekommen, um Brötchen zu belegen oder ein Rührei zuzubereiten. Sie warf jedes Mal interessierte Blicke auf das, was Lisa da tat, sagte aber kein Wort. Die beiden Torten und die paar Kekse verloren sich etwas in der riesigen Kuchentheke, und als sie um achtzehn Uhr das Lokal schlossen, war beinahe alles verkauft.

Ina zog ihre Schürze aus und zündete sich an die Theke gelehnt verbotenerweise eine Zigarette an. »Nicht schlecht.«

»Ina, was ist hier los? Herr Offenstein hat sich heute nicht ein einziges Mal gezeigt.«

Die Kellnerin schnippte die Asche auf eine Untertasse. »Der hat ganz klar erkannt, dass du ihm die Arbeit abnehmen wirst. Und er kann sich um seine Mutter kümmern.«

»So hab ich mir das nicht vorgestellt. Wir führen das Café praktisch allein.«

»Tja.« Ina drückte die Zigarette aus. »Hopp oder top. Du kannst auch kündigen.« Sie verschwand im Personalraum und kehrte mit ihrem Mantel zurück. »Schönen Abend. Bis morgen.«

»Schönen Abend.« Lisa sah ihrer eigenartigen Kollegin hinterher. Sie war fleißig, aber sie schien ihre Arbeitszeit auch einfach nur abzureißen, um pünktlich zum Feierabend nach Hause zu gehen.

Lisa ging in den Keller hinunter und kehrte mit dem Karton voller Weihnachtsschmuck zurück. Sie stellte ihn auf den Tresen und sah die Sachen durch. Erwartungsgemäß waren sie genauso alt und scheußlich wie die Einrichtung. Zerfledderte Strohsterne und rote Plastikkugeln. Nur ein leuchtender Stern fand Gnade vor ihren Augen. Sie stellte den Karton in den Keller zurück und beschloss, am nächsten Morgen neuen Schmuck zu besorgen.

Zu Hause fand sie die beiden Katzen einträchtig vereint schlafend auf dem Sofa vor. Es sah aus, als hätten sie sich den ganzen Tag nicht von dort wegbewegt. Der ziemlich dicke Kater hatte seine Schnauze in Daisys Bauchfell vergraben, und beide rührten sich nicht, als Lisa ihr Glas Weihnachtstee auf dem Sideboard abstellte. Da hatten sich offenbar zwei gefunden. Durch den Trubel der letzten Tage war sie nicht dazu gekommen, ihren eigenen Baum zu Ende zu schmücken. In diesem Jahr fehlte ihr die Inspiration dafür, wie sie ihn gestalten sollte. Eher traditionell in Rot und Gold oder ein bisschen flippig in bunten Farben.

Auf dem Boden kniend sah sie ihre Vorräte durch und war so in Gedanken versunken, dass sie erschrak, als es läutete. Sie erhob sich und öffnete die Wohnungstür.

»Hi.« Mit verlegener Miene hielt Stefan Schuster ihr Handy auf Augenhöhe. »Ich schätze, das haben Sie schon vermisst.«

»Ich hatte schon wieder vergessen, dass Sie es heute Morgen eingesteckt haben.«

»Ich auch. Und als ich Sie anrufen wollte, um Ihnen zu sagen, dass ich Bruno gleich abholen komme, hat es in meiner Manteltasche geläutet. Tut mir leid. War etwas hektisch heute Morgen. Ich hatte auch Ihre Adresse nicht im Kopf. Ich musste Ihre Freundin danach fragen.«

»Sie haben ihr aber nicht gesagt, dass Sie ursprünglich einen Auftrag von mir hatten, oder?«, fragte Lisa ängstlich.

»Äh, nein. Hätte ich das tun sollen?«

»Auf gar keinen Fall.« Lisa fiel ein, dass es ziemlich unhöflich war, ihn noch länger vor der Tür stehen zu lassen. »Kommen Sie doch erst mal rein.«

Stefan betrat den Flur, wo er sich die Stiefel auszog.

»Sie müssen Ihre Schuhe nicht ausziehen.«

»Doch. Die sind nass und schmutzig vom Schnee.«

»Möchten Sie vielleicht ein Glas Tee?«

»Gern.«

»Sie können schon ins Wohnzimmer gehen. Bruno macht ein Nickerchen auf der Couch.«

Beide Katzen öffneten schläfrig ein Auge, als Stefan das Wohnzimmer betrat. Der Raum war gemütlich eingerichtet, eine Wand bordeauxrot gestrichen, die Möbel mahagonifarben und auf dem Tisch und dem Sideboard standen brennende Kerzen. Auf dem Sideboard stand außerdem ein Glas Tee, dem ein herrlich würziger Duft entströmte. Vor dem Fenster war ein Tannenbaum aufgestellt, und rundherum auf dem Holzfußboden waren Kartons mit Kugeln und Lametta verteilt. Stefan fühlte sich auf Anhieb wohl in diesem Raum, der so viel Ruhe und Wärme ausstrahlte.

Lisa, die zu Jeans einen Strickpullover und selbstgestrickte Socken trug, brachte ihm ein Glas Tee. »Möchten Sie vielleicht ein paar Kekse?«

»Also, wenn Sie welche dahaben, gern. Ich bin heute noch nicht dazu gekommen, etwas zu essen.«

»Was für eine Art Unfall hatte Bruno eigentlich heute?«, fragte Lisa, als sie mit einem Teller Zimtsternen zurückkehrte.

»Ihn muss der Baumschmuck fasziniert haben«, berichtete Stefan, den das Gespräch schmerzlich an das häusliche Chaos mit umgestürztem Baum und Scherben erinnerte. »Er ist einfach hineingesprungen, als ich mit Ihrer Freundin telefoniert habe, und hat sich an einer zerbrochenen Kugel verletzt.«

Lisa setzte sich auf den Boden und lehnte sich gegen einen Sessel. »Ich kenne mich mit Katzen noch nicht so gut aus. Im Moment allerdings scheint der Baumschmuck keinen Reiz auf die beiden auszuüben«, stellte sie mit einem Blick auf die schlafenden Katzen fest.

»Hm, schmeckt gut.« Stefan blies in den heißen Tee. »Sagen Sie, warum soll Ihre Freundin eigentlich nicht erfahren, dass Sie mich mit dem Umbau des Cafés beauftragen wollten?«

»Sie wissen ja, dass Nina umbauen muss, und ihr fehlt einfach das Geld dafür«, antwortete Lisa.

»Und da sind Sie eingesprungen?«

»Es gab keine andere Lösung.« Lisa spielte mit ihrem Teelöffel. »Ich wäre keinen Tag glücklich in meinem neuen Café gewesen in dem Bewusstsein, dass Nina eine so schwierige Zeit durchmacht und ich ihr hätte helfen können.«

»Das ist eine bewundernswerte Haltung. Es gibt bestimmt nicht viele Menschen, die das getan hätten.«

»Finden Sie, dass es eine verrückte Idee war?«

Stefan schüttelte den Kopf. »Überhaupt nicht. Ich kann sogar nachvollziehen, dass Sie anders keine ruhige Minute gehabt hätten, aber ich weiß nicht, ob ich so stark gewesen wäre.«

Seine anerkennenden Worte taten ihr gut. Sie würde sich daran erinnern, wenn sie wieder einmal nachts wach lag und über ihre Entscheidung grübelte. Und er schien es ihr auch nicht übelzunehmen, dass sie ihren Auftrag überraschend beendet hatte.

Lisa erhob sich und holte ihr eigenes Teeglas. »Ich hatte ihr noch nichts davon erzählt, dass mein Traum, ein eigenes Café zu eröffnen, endlich wahr geworden ist. Und als sie dringend das Geld brauchte, wollte ich ihr auch nichts mehr davon erzählen, damit sie meine Hilfe nicht ablehnt.«

»Verstehe.« Stefan biss den Zacken eines Zimtsterns ab. »Wegen der Mutter. Die alte Dame scheint wirklich sehr auf die Hilfe Ihrer Freundin angewiesen zu sein, und sie machte den Eindruck, dass sie sich dort im Haus recht wohl fühlt. Ganz offensichtlich ist es für sie schöner, von der eigenen Familie umgeben zu sein, als im Heim leben zu müssen.«

Lisa lächelte tapfer, auch wenn es ihr nach ihrem ersten Arbeitstag schwerfiel, über ihre geplatzten Träume zu sprechen. »Ich fand einfach, dass das Geld im Moment bei Nina besser angelegt ist. Ich kann mein Café noch später eröffnen.«

»Das ist ziemlich selbstlos von Ihnen, insbesondere weil Sie Ihre Freundin nicht wissen lassen, welches Opfer Sie für sie bringen.«

»Nein, das möchte ich auf gar keinen Fall. Bitte versprechen Sie mir, dass Sie ihr nichts davon verraten. Sie soll sich nicht schlecht dabei fühlen, mein Geld angenommen zu haben.«

Stefan wehrte ab. »Natürlich nicht. Das ist ganz allein Ihre Sache. Ich muss sagen, ich bewundere Sie.«

Lisa zog eine Grimasse. »Manchmal fällt es mir zugegebenermaßen schwer, bei dem Gedanken daran nicht zu heulen. Der Vermieter der Räume, die Sie eigentlich neu gestalten sollten, hat mich schon zweimal angerufen und gefragt, ob ich es mir nicht noch mal überlegen will. Bis Ende des Jahres hat er mir Zeit gegeben. Danach will er einen neuen Mieter suchen.«

»Um das Lokal ist es wirklich schade«, stimmte Stefan zu. »Die Lage ist toll, und die Größe ist auch optimal.«

»Mit Ihren Plänen wäre es ein absoluter Traum geworden. Aber ich muss jetzt erst wieder sparen. Und wenn ich wieder genug Geld zusammen habe, dann gibt es bestimmt wieder passende Räume für mich.«

»Bestimmt.« Stefan betrachtete die junge Frau, die traurig in ihr Teeglas blickte. Bisher war ihm nicht aufgefallen, dass sie ziemlich hübsch war mit ihren dunklen Locken und den blauen Augen. Er hatte sie nur als Kundin betrachtet, aber hier in diesem privaten Umfeld sah er sie mit anderen Augen. Und von ihrem Charakter konnte sich seine Schwester eine Scheibe abschneiden.

Auf dem Weg hierher war er im Bestattungsinstitut vorbeigefahren. Der Bestatter hatte ihm erklärt, dass eigentlich alles vorbereitet sei und die Beerdigung jederzeit stattfinden könne. Allerdings habe ihm Sybille erklärt, dass es Probleme mit der Finanzierung gebe und sie die Beisetzung erst durchführen könnten, wenn ihr Bruder sich nicht mehr querstelle. Und dann hatte der Bestatter ihn gefragt, ob es sich bei diesem Bruder um Stefan handele und ob er sich mal Gedanken darüber gemacht habe, was er dem Verstorbenen damit antun würde, nur wegen des Geldes die Beerdigung zu verzögern. Stefan hatte das Geschäft wutschnaubend verlassen, aber als er im Wagen gesessen hatte, war es ihm einfach zu blöd gewesen, Sybille anzurufen und wieder mit ihr zu streiten. Also war er zurück ins Geschäft gegangen und hatte die Beerdigungskosten bezahlt. Der Bestatter wollte sich jetzt mit Sybille in Verbindung setzen, damit die Beisetzung noch vor Heiligabend stattfinden konnte. Bei dem Gedanken daran, dass er Sybille ein Schnippchen geschlagen hatte, musste Stefan schmunzeln.

Lisa sah ihn verwundert an.

»Entschuldigen Sie. Ich lache natürlich nicht über Sie«, stellte Stefan klar. »Im Gegenteil. Ich war mit meinen Gedanken nur gerade bei einer familiären Angelegenheit.«

»Etwas Lustiges?«

»Nein, ganz und gar nicht. Etwas, was mich wütend macht. Aber ich habe derjenigen, die mich wütend gemacht hat, heute den Wind aus den Segeln genommen.«

»Verstehe. Das wird dann vermutlich ein weniger harmonisches Weihnachtsfest.«

»Vermutlich. Ich bin sowieso nicht sicher, ob ich das Fest mit meinen Geschwistern verbringe. So wie in den letzten Jahren.«

»Sondern mit wem?« Lisa errötete. »Entschuldigung. Geht mich ja gar nichts an.«

Stefan lächelte. »Mit Bruno, meinem neuen Mitbewohner. Ich hoffe allerdings, dass es an Heiligabend nicht wieder einen Notfall geben wird. Vermutlich wäre es besser, keine echten Kerzen in den Baum zu hängen.«

»Oder Sie stellen einen Eimer Wasser neben die Tanne.«

»Bei Brunos Geschick am besten einen Feuerlöscher.« Stefan sah sich um. »Sie leben auch allein?«

»Ja, ich bin erst vor wenigen Monaten in die Stadt zurückgekehrt, und hier lebe ich jetzt allein.«

Stefan nickte. Klang ziemlich geheimnisvoll. Als hätte es dort, wo sie herkam, noch jemanden gegeben. »Ich lebe auch allein. Meine Freundin hat mich Anfang des Jahres verlassen.«

Jetzt war es Lisa, die grinste. »Na, wir sind vielleicht zwei trübe Gestalten, was? Verlassen und unfreiwilligerweise unerfahrene Katzenbesitzer.«

Stefan lächelte zurück. »Es gibt Schlimmeres. Eigentlich ist es ganz witzig mit dem kleinen Kerl, auch wenn ich manchmal das Gefühl habe, dass er weiß, was ich denke.« Er sah zum Sofa hinüber. »Oder dass er sogar mehr weiß als ich. Verrückt, nicht?«

»Überhaupt nicht. Daisy sieht mich aus so klugen Augen an, dass ich mir angewöhnt habe, mich mit ihr zu unterhalten. Schwierige Fragen erörtere ich grundsätzlich zuerst mit ihr.«

»Echt jetzt?«

»Wirklich. Sprechen Sie nicht mit Bruno?«

»Nein. Das ist eine Katze!« Stefan schwieg eine Weile. »Doch. Ich spreche mit dem Kater«, stellte er überrascht fest. »Ich habe ihm auch von meinem Streit mit meinen Geschwistern berichtet.«

Lisa hob beide Augenbrauen. »Faszinierend, nicht? Ich hätte das auch nicht gedacht, aber es passiert automatisch. Eigentlich wollte ich heute mit ihr besprechen, wie ich den Baum schmücken soll, aber sie kümmert sich höflicherweise um unseren Gast.«

Tatsächlich waren die beiden Katzen aufgewacht und lagen, beide die Vorderpfoten untergezogen, nebeneinander auf dem Sofa. Eine Weile sprachen Stefan und Lisa über ihre

Erfahrungen als neue Katzenbesitzer, darüber, welches Futter sie gaben und was die Katzen so anstellten, und Lisa gab ihm noch den Tipp, Katzengras aufzustellen. Dann musste Lisa noch dringend zum Tierarzt, um Daisy die abendliche Insulinspritze verabreichen zu lassen.

»Was machen Sie eigentlich jetzt beruflich, nachdem es mit Ihrem Café nicht geklappt hat?«, fragte Stefan, als er im Flur in seine Stiefel stieg.

»Ich arbeite in dem scheußlichen Café in der Fußgängerzone.«

Stefan lachte auf. »Ist das eine Art Selbstkasteiung?«

»Es gab einfach nichts anderes.«

»Ich werde mal vorbeischauen, wenn ich darf.«

»Natürlich. Ich würde mich freuen«, sagte Lisa und stellte fest, dass sie es wirklich so meinte.

Stefan nahm den Katzenkorb. »Vielen Dank noch mal, dass Sie heute Bruno genommen haben.«

»Gern geschehen.«

Daisy saß neben Lisa auf der Türschwelle, während sie Stefan und Bruno hinterhersahen. Netter Kerl, dachten sie beide.

Zu Hause schrieb Stefan als Erstes als dritten Merksatz *Keine Gefahrenquellen in der Wohnung* auf den Zettel am Kühlschrank. Dann nahm er sich eine Flasche Rotwein aus dem Regal. Bruno saß neben seinem leeren Napf und warf ihm auffordernde Blicke zu.

»Moment. Ich mach mir erst mal einen Wein auf.« Er zog den Korken aus der Flasche und schenkte sich etwas Wein ein. Das war heute ein aufregender Tag gewesen, und am besten hatte ihm die Stunde bei Frau Kampmann gefallen. Sie war eine tolle Frau, und er hatte sich in ihrer Gegenwart sehr wohl gefühlt. Er nahm eine Dose Katzenfutter aus dem Schrank und öffnete sie. »Das Zeug ist ja irgendwie auch langweilig, nehme ich an. Warte mal.« Stefan öffnete den Kühlschrank. Aus leidvoller Erfahrung wusste er schließlich, was der Kater wirklich mochte.

Bruno machte sich wenig später über eine beachtliche Portion Schinken und ein Schälchen Sahne her. »Du musst auch denken, dass schon Weihnachten ist.« Stefan strich dem Kater über den Kopf und nahm sein Glas.

Dieses Kopfwuscheln empfand Bruno ebenso störend wie die Unruhe, die kurz darauf im Loft eintrat. Ein Staubsauger begann aufzuheulen. Sein neuer Mensch hatte sich bisher nicht durch übermäßige Reinlichkeit hervorgetan, was ein wirklich angenehmer Zug von ihm war. Als eingefleischter Kater konnte Bruno unnötigen Krach überhaupt nicht leiden. Die Dinge mussten an ihrem Platz bleiben und ihren Geruch behalten, ohne umgestellt und von einem chemischen Gestank überlagert zu werden. Bruno warf einen vorsichtigen Blick um den Küchenblock herum. In diesem riesigen Raum gab es keinen verdammten Platz, an dem man seine Ruhe vor diesem Krach hatte. Bruno fuhr sich mit der Pfote über die Schnurrhaare. Das Bad erschien ihm im Augenblick als die beste Wahl. Zu seiner Freunde stand der Schrank mit den Handtüchern offen. Mit ein paar wenigen Pfotenbewegungen mit ausgefahrenen Krallen waren einige Handtücher auf den Boden befördert. Mit ein paar weiteren Pfotengriffen waren diese Handtücher in die richtige Form gebracht. Ein bisschen Treteln, zweimal um die eigene Achse gedreht, fertig war der Schlafplatz. Schlaf hatte er eigentlich nicht nötig, auf dem Sofa hatte er neben Daisy den wohligsten Schlaf seit ewigen Zeiten abgehalten, aber er brauchte dringend Ruhe, um ein wenig nachzudenken.

Sehr viel zum Reden waren Daisy und er nicht gekommen. Dabei war er sich hundertprozentig sicher, dass diese Lisa die Frau war, nach der sein neuer Mensch suchte. Nur leider wusste der das noch nicht, und Bruno hatte noch nicht die zündende Idee, wie er ihm das klarmachen sollte.

Aber immerhin schienen die beiden gut miteinander auszukommen. Das war ihm immerhin inzwischen gelungen.

Nach einer Stunde standen Tannenbaum und Schränkchen wieder, das Silber war auch wieder an seinem Platz, und Stefan hatte Tannennadeln und Scherben weggesaugt. Was das Baumschmücken anbelangte, war er allerdings keinen Schritt weitergekommen. Bei dieser Lisa sah es schon wunderbar weihnachtlich aus, und es roch auch nach Weihnachten. Und bei ihm? Bei ihm stand einfach nur eine Tanne mitten im Loft. Und das sollte der Unterschied zwischen Alltag und Weihnachten sein? Seufzend ging Stefan zum Kühlschrank. Ihm war nach einem richtig leckeren Schinkenbrot. Dumm nur, dass er den Schinken dem Kater gegeben hatte. Stattdessen nahm er sich einen Joghurt und klappte die Kühlschranktür wieder zu. *Nicht das Abendessen an den Kater verfüttern*, schrieb er auf den Zettel. Er schenkte sich Wein nach und betrachtete nachdenklich den Baum. Der Tierarzt hatte dazu geraten, die Wohnung katzensicher zu gestalten, weshalb er sich für bemalte Holzanhänger entschied und ein Karussell, einen Schneemann, Engel und andere Weihnachtsmotive aufhängte, die hoffentlich keinen Reiz auf Bruno ausüben würden. War vielleicht nicht ganz so stilvoll wie bei Lisa Kampmann, aber er war zufrieden. Er ließ sich aufs Sofa fallen. Ein ganz bisschen hatte es heute in seinem Bauch gekribbelt, als er bei ihr gewesen war. Er freute sich schon darauf, sie an ihrer neuen Arbeitsstelle zu besuchen. Und was hatte die Tierarzthelferin gefragt? Ob er einer Katze Spritzen geben könne? Er hatte keine Ahnung. Hatte er schließlich noch nie gemacht. Vielleicht sollte er es einfach mal ausprobieren, um sich eine gute Gelegenheit, weiter mit dieser Lisa in Kontakt zu bleiben, nicht entgehen zu lassen.

Sein Blick wanderte zum Schreibtisch, auf dem noch die Zeitungen und Zeitschriften lagen, mit denen er sich eigentlich wegen etwaiger Auftraggeber hatte beschäftigen wollen. Das sollte er endlich mal in Angriff nehmen. Als er sich eben erhoben hatte, läutete das Telefon. Ängstlich sah er sich nach Bruno um, aber von dem Kater war nichts zu sehen. Er konnte das Gespräch vermutlich gefahrlos annehmen.

»Schuster?«

»Sag mal, hast du sie noch alle?«

»Was willst du, Sybille?«

»Was ich will? Dich fragen, ob du wirklich alles kaputt machen willst. Du hast heute im Haus schon wieder nach Hinweisen auf diese Elisabeth gesucht.«

»Und du hast alle Papiere von Paul vernichtet. Du spinnst, Sybille. Du machst dich strafbar.«

»Deine Geburtsurkunde, Stefan. Wie lange willst du mich noch an der Nase herumführen?«

Stefan ging zum Fenster. »Sybille.« Er atmete tief ein. »Komm doch endlich zur Besinnung. Du beschwörst ein Unglück herauf, wenn du diese Sache mit der Erbschaft weiterverfolgst. Ich verspreche dir, dass wir gemeinsam einen Weg finden, wie wir Peter helfen können. Aber nicht mit einer Erbschaft, die uns nicht zusteht.«

»Du kannst mich mal!« Sie legte auf.

Seufzend legte Stefan ebenfalls den Hörer auf. Er hatte das Gefühl, dass es in diesem Jahr kein gemeinsames Weihnachtsfest mit seinen Geschwistern geben würde. Es läutete erneut.

»Die Beerdigung ist übrigens am Tag vor Heiligabend. Du hast dir ja was ganz Tolles ausgedacht, du Gutmensch!«, fauchte Sybille und legte wieder auf.

Sein Plan, Sybille mit der Beisetzung ein Druckmittel zu nehmen, war offenbar aufgegangen. Aber vielleicht wollte diese Elisabeth gern daran teilnehmen, und man konnte sich schließlich nicht darauf verlassen, dass sie die Traueranzeige in der Zeitung auch wirklich lesen würde. Vor ihm auf dem Schreibtisch lagen der Deutschlandführer, den er aus Pauls Wohnzimmer mitgenommen hatte, obenauf die Fotos und der Brief seines Vaters an Paul. Er nahm den Umschlag zur Hand. Wie gern hätte er gewusst, was sein Vater Paul geschrieben hatte. Diese Neugier hatte Paul selbst offenbar nicht umgetrieben, denn er hatte den Brief nie gelesen und einfach zwischen die Seiten eines Buches gesteckt. Stefans Vater hatte den Brief einige Jahre nach dem Zerwürfnis mit seinem Bruder geschrieben. Stefan hatte schon den Brieföffner in der Hand, als er es sich anders überlegte. Wenn Paul den Brief nicht gelesen hatte, stand es ihm wohl nicht zu, dass er den Brief heute las.

Stefan zog die Schreibtischschublade auf und legte den Umschlag hinein. Vielleicht würde er es später tun, aber erst einmal musste er darüber nachdenken, ob er überhaupt das Recht dazu hatte. Stattdessen betrachtete er die Aufnahmen von Ruth. Er legte sie beiseite und widmete sich dem Reiseatlas. Soweit er sich erinnerte, war Paul ein Reisemuffel gewesen und hatte sein Haus nicht verlassen. Vielleicht hatte er sich stattdessen Reiseziele aus der Ferne angesehen. Er schlug den Atlas auf und blätterte ein wenig darin herum, als eine Postkarte herausfiel. *Hallo, Ihr Lieben. Es geht mir gut, die Arbeit hier macht mir viel Spaß. So sehr, dass ich Großmutters Idee verfeinert und* Erik *kreiert habe. Eure Elisabeth* Er las die Karte mehrfach, aber er verstand trotzdem kein Wort. Wer zum Teufel war Erik? Ein Möbel? Ein Gericht? Ein Tanz? Er wendete die Karte und sah nach, aus welcher Stadt sie kam, dann blätterte er in dem Atlas zu der entsprechenden Seite. Paul hatte oben auf die Seite das Wort *Blau* geschrieben und einen Zeitraum. Daraus wurde er ebenfalls nicht schlau.

Stefan blätterte den Atlas von vorne nach hinten durch und fand auf drei Seiten ähnliche Einträge. Dort standen ebenfalls Zeiträume und die Worte *Liebmann, Kaiser* und *Hermannshof.* Nichts, was ihm irgendwie weiterhalf. Wenn es überhaupt irgendetwas mit Elisabeth zu tun hatte und nicht nur einfach Urlaubspläne von Paul waren, aus denen nichts geworden war. Das brachte nichts. Stattdessen sollte er sich lieber mit den Anzeigen in den Architekturzeitschriften beschäftigen.

Als er ins Bad ging, fand er Bruno selig schlafend in einem Bett aus Handtüchern auf dem Boden vor. *Badezimmerschrank geschlossen halten*, schrieb er später auf den Zettel.

20.

Dezember

Als Lisa am nächsten Morgen nach ihrem obligatorischen Besuch beim Tierarzt das Café Offenstein betrat, traf sie ihren neuen Chef an. Herr Offenstein war im Begriff, eine Marzipantorte in die Kuchentheke zu stellen, in der bereits eine Schwarzwälderkirsch und eine Biskuitrolle standen.

»Guten Morgen, Lisa. Sie haben gestern selbst gebacken. Ich habe mir am Abend noch ein Stück von ihrer Schokotorte genommen. Die war wirklich gut.«

Lisa zog ihren Mantel aus. »Vielen Dank.«

»Es tut mir leid, dass ich Ina und Sie gestern mit der Arbeit allein gelassen habe, aber meiner Mutter ging es immer noch ziemlich schlecht.«

»Das verstehe ich. Wir hatten nur ziemlich viel zu tun, Ina und ich.«

»Heute bin ich wieder dabei. Ich werde nur über Mittag mal hinaufgehen und nach ihr sehen.« In der kurzen Zeit, die Lisa im Café arbeitete, hatte sich bereits eine gewisse Routine eingespielt. Sie räumte das saubere Geschirr in die Regale und stellte die Kaffeemaschine an. Mit etwas Verspätung erschien Ina, eingehüllt in eine Wolke Zigarettenrauch.

Mittags fiel Lisa ein, dass sie vergessen hatte, Weihnachtsschmuck für das Café zu besorgen. Sie vollführte eben eine waghalsige Akrobatik auf der Leiter, um den leuchtenden Stern ins Fenster zu hängen, als Stefan das Café betrat.

»Ha! Sie schickt der Himmel.«

»Tatsächlich? Ich wollte doch nur einen Kaffee trinken.«

»Das können Sie hinterher.« Lisa stieg die Leiter hinunter. »Sie müssen mir erst einen Gefallen tun.« Stefan schüttelte sich den Schnee aus den Haaren. »Wenn's ums Backen geht, bin ich der falsche Ansprechpartner.«

Lisa ging zum Tresen und schrieb etwas auf einen kleinen Block. Sie riss den Zettel ab und gab ihn Stefan. »Können Sie mir das besorgen?«

Er studierte die Liste und sah sie an. »Lichterketten? Sprühschnee? Kerzen?«

»Richtig. Oder sehen Sie hier irgendeine Weihnachtsdeko?«

»Ich werde mein Bestes geben. Und danach hole ich mir den versprochenen Kaffee ab.«

Ina hatte die beiden aufmerksam beobachtet. »Netter Typ«, stellte sie fest, als Stefan gegangen war.

»Stimmt«, bestätigte Lisa.

Als Stefan eine halbe Stunde später mit einer großen Tüte zurückkehrte, versorgte Ina ihn mit Kaffee, während Lisa sich über den Inhalt der Tüte hermachte.

»Ich wollte eigentlich nur einen Kaffee trinken«, wiederholte Stefan, als er später auf der Leiter stand.

»Sie hatten schon einen«, beschied Lisa ihn. »Und wenn Sie fertig sind, können Sie noch einen bekommen. Und ein Stück Kuchen.«

»Toll. Ich freue mich.« Stefan lächelte schief und streckte sich, um eine Lichterkette zu befestigen. Ina, die draußen vor dem Fenster stand und rauchte, bedeutete ihm, die Kette ein bisschen mehr zur Wand hin zu befestigen.

»Und immerhin haben Sie Hilfe.«

Stefan warf einen kritischen Blick durchs Schaufenster, wo Ina ihm hektische Zeichen gab. Wenn er sich danach richtete, würde er von der Leiter fallen.

»Aber passen Sie auf, wo Sie hintreten«, riet Lisa.

»Na, vielen Dank.«

Die Fenster waren schließlich das Schönste am Café, mit Lichterketten, Sternen und Kunstschnee auf den Scheiben. Lisa lobte Stefan ausführlich dafür, soweit es ihre Zeit erlaubte. Nachdem er ein Stück Torte gegessen und eine weitere Tasse Kaffee getrunken hatte, verließ er das Café und studierte draußen noch die Tafel mit den Öffnungszeiten.

Pünktlich um neunzehn Uhr stand er wieder vor der Tür. Herr Offenstein war in der Küche und wusch ab, Ina und Lisa räumten die letzten Tische ab, als er eintrat. Etwas verlegen lächelte Stefan die beiden Frauen an.

»Ist okay«, sagte Ina. »Ihr könnt gehen. Ich schließe gleich ab.«

Als sie sich vor der Tür gegenüberstanden, waren sie beide verlegen. Stefan hatte Lisa in den Mantel geholfen, und sie setzte sich ihre Mütze auf. »Ich sterbe vor Hunger«, sagte Lisa.

»Aber Sie arbeiten doch an der Quelle.«

»Eben, ich arbeite. Essen tun die anderen.«

»Verstehe. Dann würde ich vorschlagen, dass ich Sie zum Essen einlade. Das war sowieso mein Plan.« Er reichte ihr den Arm.

Als sie sich zehn Minuten später endlich in einem Lokal gegenübersaßen, zog Lisa sich unter dem Tisch unauffällig die Stiefel aus und streckte die Zehen. »Ah, tut das gut.«

»Was jetzt?«

Sie beugte sich über den Tisch. »Ich hab mir die Stiefel ausgezogen. Meine Füße tun weh, als wenn ich einen Marathon auf High Heels gelaufen wäre.«

»Wenn Sie sich einen Schrittzähler besorgen, kommt vermutlich etwas Ähnliches heraus. Ziemlich anstrengend, Ihr neuer Job, wie?«

»Na, ich kenne das ja. Aber im Café Offenstein sind wir einfach zu wenig Personal. Und Herr Offenstein selbst kümmert sich viel um seine kranke Mutter.« Lisa nahm sich die Speisekarte. »Ich verhungere gleich.«

Als der Wein gebracht wurde, hob Stefan sein Glas. »Wollen wir nicht du sagen?«

Lisa stieß ihr Glas gegen seines. »Ja, gern. Ich bin Lisa.«

»Stefan.«

Nachdem sie getrunken hatten, sahen sie sich eine Weile in die Augen. »Das mit dem Bruderschaftskuss verschieben wir auf später«, schlug Stefan vor. »Wenn kein lästiger Tisch mehr zwischen uns steht.«

Lisa nickte. Sie war erschöpft, aber es war eine angenehme Müdigkeit. Sie hatte das gute Gefühl, etwas geschafft zu haben. Und es war der erste Tag gewesen, an dem sie sich im Café ein ganz kleines bisschen wohl gefühlt hatte. Vielleicht war es einfach nur Gewöhnung, vielleicht der Fensterschmuck, der das Lokal heimeliger machte. Sie sah auf und betrachtete Stefan, der intensiv die Karte studierte. Vielleicht lag es auch an Stefan. Möglicherweise hatte Nina recht damit gehabt, dass man hin und wieder auch einen Architekten gebrauchen konnte. Und vielleicht war sie über die Sache mit Alexander schon besser hinweg als gedacht.

»Vielen Dank noch mal für Ihre – deine Hilfe heute Mittag«, sagte Lisa, nachdem sie bestellt hatten. »Hattest du wirklich nichts Wichtigeres zu tun?«

»Soweit ich das einschätzen kann, war das sehr wichtig. Ich meine, man sollte Weihnachtsschmuck immer vor Weihnachten anbringen. Hinterher kann keiner das Zeug mehr sehen.«

»Du weißt, wie ich das meine.« Lisa lachte. »Außerdem ist nach dem Fest auch immer vor dem Fest.«

»Sehr weise. Nein, ich hatte heute Mittag Zeit. Kein Auftrag, kein Tierarztbesuch, kein Familienstress. Und es hat mir Spaß gemacht.«

Eine Weile sahen sie sich stumm an. Unausgesprochen hing der Gedanke zwischen ihnen in der Luft, dass Stefan seinen Kaffee überall hätte trinken können, aber woanders Lisa nicht wiedergesehen hätte.

»Was für einen Stress hast du denn mit deiner Familie?«, fragte Lisa, als die Antipasti gebracht wurden. »Also, nur wenn du darüber sprechen willst.«

»Ich würde es dir erzählen, es ist nur so, dass mir das Gespräch die Laune verderben würde, und das wäre schade um den Abend. Meine Geschwister sind einfach nur raffgierig.« Stefan piekste eine kleine Tomate auf.

»Verstehe.« Sie sah ihn an. »Nein, das stimmt nicht. Ich verstehe überhaupt nichts.«

»Kannst du auch nicht. Wir streiten uns um eine Erbschaft. Und ich finde das so furchtbar, weil derjenige, um dessen Nachlass es geht, sich nicht mehr zu Wort melden kann.«

»Oh, ich kenne solche Geschichten. Ich glaube, das gibt es in jeder Familie. Der Freund meiner Mutter hatte auch so einen Stress mit seiner Familie. Die haben schließlich kein einziges Wort mehr miteinander gesprochen.« Lisa schüttelte den Kopf. »Unglaublich. Dabei geht es doch nur um Geld.«

Stefan sah dem Kellner hinterher, der ihre leeren Teller abgeräumt hatte. »Ich glaube, du hast zu diesem Thema sowieso eine etwas abweichende Meinung. Das sieht man auch daran, dass du deine eigenen Interessen hintanstellst und erst einer Freundin hilfst.«

Lisa hob die Schultern. »Ich würde mich anders nicht wohl fühlen. Und abgesehen davon kann ich mich trotzdem nicht beklagen. Mir geht es doch gut. Und das Café Offenstein werde ich auch noch verkraften.«

Sie widmeten sich eine Weile schweigend ihrem Pastagericht.

»Wie bist du eigentlich gerade auf dieses Café gekommen?«, fragte Stefan. »Es ist so anders als das, was du dir für dein eigenes Lokal vorgestellt hast.«

»Vielleicht hilft mir das gerade über mein Trauma hinweg. Außerdem gewöhne ich mich gerade an diesen Wartesaalcharme aus den Siebzigern. Und Herr Offenstein braucht dringend Hilfe.« Lisa sah Stefan mit großen Augen an. »Ob ich unter einem Helfersyndrom leide?«

»Vermutlich«, erwiderte er lachend.

»Und was machen deine Pläne für Ninas Umbau?«

»Ich habe einen Vorentwurf gemacht. Morgen bin ich wieder mit ihr verabredet. Weil es schnell gehen soll, bin ich ziemlich am Herumtelefonieren, um Baufirmen zu finden, die den Umbau gleich zu Jahresbeginn in Angriff nehmen können.«

»Es ist wirklich nett, dass du das für sie machst. Nina hat mir gesagt, dass du ihr einen guten Preis genannt hast.«

Er grinste frech. »Na ja, es ist ja schließlich dein Geld, von dem der Umbau bezahlt wird. Und wenn sie dir etwas zurückzahlen kann, bist du eher in der Lage, mir wieder einen Auftrag zu erteilen.«

»Ein wirklich netter Zug von dir.« Lisa legte ihr Besteck auf den leeren Teller. »Ah, das hat gutgetan.« Sie griff zur Speisekarte. »Ich glaube, ich nehme noch einen Nachtisch.«

Es war nach zweiundzwanzig Uhr, als sie das Lokal verließen. Lisa wollte Stefans Angebot, sie nach Hause zu bringen, ablehnen, als ihr etwas einfiel. »Unter einer Bedingung«, antwortete sie.

Stefan blieb vor ihr stehen und lächelte sie an. »Die würde ich gern hören.«

»Du musst Daisy eine Spritze geben.«

Stefan verzog schmerzlich das Gesicht.«

»Die Tierarzthelferin ist sehr zuversichtlich, dass du das kannst. Und deinetwegen habe ich es heute nicht zum Tierarzt geschafft.«

Stefan legte seine Hand an ihre Wange. »So, ist sie zuversichtlich?« Er kam ihr so nahe, dass sich ihre Nasenspitzen fast berührten. »Und wie steht es mit dir?«

»Ich bin mir ziemlich sicher«, sagte Lisa leise.

Hand in Hand schlenderten sie zu Lisas Wohnung. Daisy saß im Flur, die Pfoten nebeneinandergestellt, den Schwanz um sich herumgelegt, und sah ihnen interessiert entgegen, als sie in den Flur traten. Was hier gerade passierte, hätte sie jetzt zu gern Bruno erzählt.

»Hi, Daisy«, begrüßte Stefan sie. Daisy schnupperte an seiner Hand, die er ihr entgegenstreckte. »Ich hoffe, du magst mich auch noch, wenn ich mit dir fertig bin.« Er zog sich Mantel und Stiefel aus.

»Möchtest du noch ein Glas Wein?«, rief Lisa aus der Küche.

»Nein, ich hatte heute schon genug. Oder doch, ein kleines Glas nehme ich.« Er stellte sich neben Daisy in die Küchentür.

Lisa nahm zwei Weingläser aus dem Küchenrank und deutete mit dem Kinn auf den Kühlschrank. »Die Insulinampulle ist im Kühlschrank, die Spritzen liegen oben im Regal. Sie kriegt zweieinhalb Einheiten.«

»Aha.«

»Warte, ich zeig es dir.« Lisa stellte die Gläser ab, nahm die Ampulle aus dem Kühlschrank und zog die Spritze auf.

»Was genau tue ich hier?«, fragte Stefan. »Du kannst das doch sehr gut.«

Lisa reichte ihm die Spritze. »Bis hierher, ja. Aber jetzt geht's nicht mehr weiter.« Sie sah auf Daisy hinunter, die ihnen geduldig zusah. »Ich bringe es nicht übers Herz, sie zu stechen.«

»Na, mal sehen, ob ich das hinkriege.« Stefan kniete sich neben Daisy auf den Boden, packte vorsichtig eine Bauchfalte und stach die Spritze hinein. Vorsichtig schob er den Kolben in die Spritze. »Ich weiß gar nicht, wo das Problem liegt.« Er strich Daisy über das seidige Fell. »War doch gar nicht schlimm, oder?«

Daisy schob ihren Kopf in seine Handfläche und verließ erhobenen Schwanzes die Küche. »Ein beeindruckendes Tier«, stellte Stefan fest. »Sie scheint die Notwendigkeit zu begreifen.« Ächzend erhob er sich.

»Tja, sie ist entspannter als ich.« Lisa reichte ihm ein Weinglas. »Danke.«

»Tja, meine Aufgabe wäre damit wohl erledigt«, sagte Stefan, nachdem sie einen Schluck getrunken hatten.

Lisa grinste. »Für heute ja, aber das Schlimme ist, dass sie morgen wieder eine Spritze braucht.«

»Ja, das ist wirklich schlimm«, bestätigte Stefan. Er strich ihr eine Haarsträhne hinter das Ohr. Dann fasste er sanft ihr Kinn und küsste sie.

21.

Dezember

Stefan wachte auf, als es an seiner Tür Sturm läutete. Er brauchte einen Moment, um in die Realität zurückzufinden.

Er war am Abend nicht mehr lange bei Lisa geblieben. Sie hatten in der Küche ihre Weingläser ausgetrunken, und dann war er gegangen. Ohne ein Wort über das, was zwischen ihnen geschehen war, zu verlieren, schien Einverständnis zwischen ihnen darüber zu bestehen, es ruhig angehen zu lassen und erst einmal abzuwarten, was sich zwischen ihnen entwickeln würde. Und ob sich überhaupt etwas entwickeln würde. Denn eigentlich waren sie beide nicht auf der Suche nach einem Partner. Das heißt, von sich selbst konnte er das mit Bestimmtheit sagen. Was Lisa anbetraf, war es eher eine Vermutung. Als sie ihm neulich abends berichtet hatte, dass sie gerade erst in die Stadt zurückgekehrt war, hatte sie mit besonderer Betonung gemeint, dass sie in ihrer Wohnung jetzt allein leben würde. Es hatte so geklungen, als habe sie dort, wo sie herkam, jemanden zurückgelassen, den sie nicht vermisste. Außerdem musste sie den geplatzten Traum vom eigenen Café begraben und sich plötzlich um eine Katze kümmern. Und dass man damit alle Hände voll zu tun hatte, erlebte Stefan ja gerade am eigenen Leib. Er war spät eingeschlafen, hatte sich immer wieder den Abend durch den Kopf gehen lassen und daran denken müssen, wie vertraut sie plötzlich miteinander umgegangen waren. Zu Hause hatte er dann Bruno ausführlich von seinem Abend berichtet und dabei wohl etwas zu viel Wein erwischt.

Das Läuten ließ sich jedenfalls nicht länger ignorieren. Unwirsch schlug er die Bettdecke beiseite und sprang aus dem Bett. In Shirt und Shorts patschte er mit nackten Füßen zur Tür.

»Herrgott! Warum machst du denn nicht auf?« Sybille schoss an ihm vorbei ins Loft, wo sie abrupt stehenblieb. Verwundert betrachtete sie den Christbaum, der sie offenbar kurz aus dem Konzept gebracht hatte. »Ich habe keine Lust, mich länger von dir verschaukeln zu lassen, mein Lieber. Jeden Tag hast du eine andere fadenscheinige Ausrede, warum du deine Geburtsurkunde nicht endlich hergibst. Dem armen Peter hast du ja auch irgendein Märchen erzählt. Also, gib sie mir jetzt bitte!«

Stefan fuhr sich durchs Haar. »Fang nicht schon wieder damit an! Selbst wenn ich eine Urkunde hätte, würde ich sie dir nicht geben.«

»Gut, ist auch kein Problem, besorg ich sie eben selbst beim Standesamt.« Sie kam auf ihn zu und streckte ihm die Hand entgegen. »Und jetzt gib mir das Testament.«

»Bist du verrückt geworden? Damit du es zerreißt?«

Sie kam noch dichter an ihn heran. »Ich werde es aufessen und runterschlucken.«

Stefan schüttelte den Kopf. »Warum bist du nur so böse? Was hat dir diese Elisabeth getan, dass du ihr das Erbe nicht gönnst?«

Sybille schnaubte, dann zog sie ihren Mantel aus und warf ihn aufs Sofa, ehe sie sich daneben fallen ließ. »Dieses Mädchen ist mir völlig egal.« Sie sah sich suchend um. »Hast du noch keinen Kaffee gemacht?«

»Du hast mich geweckt. Ich hatte noch keine Gelegenheit, welchen zu kochen.« Stefan ging zur Küchenzeile hinüber, und Bruno nutzte die Gunst der Stunde, um sich mit anklagender Miene neben seinen leeren Napf zu setzen. »Geht gleich los«, beruhigte Stefan den Kater.

»Du hast dieses Katzenvieh ja immer noch«, stellte Sybille fest.

»Bruno und ich wohnen hier zusammen.«

»Phh.« Sybille schlug mit der Hand auf die Armlehne. »Du solltest aufpassen, dass du nicht geauso wunderlich wirst wie dein verstorbener Onkel.«

»Warum? Weil ich eine Katze habe?«

»Weil du mit deiner Katze sprichst.«

Stefan warf einen Blick auf Bruno, der anscheinend ebenso wie er aus dem Schlaf gerissen worden war. Während Bruno sich über sein Futter hermachte, setzte Stefan die Espressomaschine in Gang. Er reichte seiner Schwester eine Tasse. »Und? Was ist es denn dann, wenn es nicht Elisabeth ist, die dich so wütend macht?«

Sybille schüttete reichlich Zucker in ihre Tasse und rührte aufwendig um. »Du weißt es gar nicht mehr. Du warst ja auch der Jüngste. Aber dein Großvater, der Vater unseres Vaters, hatte einen Narren an dieser Ruth gefressen. Ständig war er bei Paul zu Besuch, und Ruth hat ihn bekocht und betüddelt. Das hat ihm natürlich gefallen, und zwar so sehr, dass er sein Testament geändert hat. Paul hat alles geerbt, unser Vater hat nur seinen Pflichtteil bekommen.« Sie leerte ihre Tasse in einem Zug und sah Stefan wütend an. »Und wenn diese Elisabeth jetzt alles erbt, dann wandert das Vermögen deines Großvaters auf dem Umweg über Paul direkt zu ihr, ohne dass unsere Familie jemals etwas davon gesehen hätte.«

Stefan, der auf der Armlehne eines Sessels saß, schlug die Beine übereinander. »Davon hab ich wirklich nichts mitbekommen, aber es war doch Großvaters gutes Recht, so zu handeln. Ebenso wie es Onkel Pauls Recht war, Elisabeth als seine Alleinerbin einzusetzen.«

Sybille stemmte sich ächzend auf dem Sofa ab, um auf

die Vorderkante zu rutschen. »Das magst du so sehen, aber in Ordnung war es auf keinen Fall. Und es wäre an Paul gewesen, das wieder in Ordnung zu bringen. Aber nein, er schlägt natürlich in dieselbe Kerbe und begünstigt Ruths Tochter. Verstehst du jetzt, was mich so wütend macht?«

»Opa war nicht sehr oft bei uns eingeladen. Ich glaube, unsere Eltern hatten genug mit uns zu tun. Und Paul und Ruth haben sich eben Zeit für Großvater genommen.«

»Wir sind seine Familie! Und nur das zählt!« Sybilles Stimme klang wieder unangenehm durchdringend.

»Familie! Das muss auch mit Leben gefüllt sein, sonst ist es nur eine Aneinanderkettung von Menschen.«

Sybille rutschte noch weiter nach vorn. »Interessant«, sagte sie süffisant. »Gut zu wissen, wie du darüber denkst.« Sie erhob sich. »Es wäre jedenfalls anständig von Paul gewesen, das Vermögen wieder in die Familie zurückzuführen. Diese Elisabeth hätte von mir aus einen kleinen Geldbetrag bekommen können oder Geschirr.«

»Merkst du nicht, dass wir uns im Kreis drehen?« Fassungslos sah Stefan zu, wie seine Schwester zu seinem Schreibtisch ging und, ohne zu fragen, die Papiere durchwühlte. »Hey! Was machst du da?« Er sprang auf.

»Du hast gesagt, dass du das Testament mitgenommen hast. Und ich suche es.« Unbeirrt durchstöberte sie einen Papierstapel nach dem anderen, um ihn anschließend achtlos beiseitezuschieben. »Wenn es nicht hier auf dem Tisch liegt, dann sag mir, wo es wirklich ist.«

Stefan, der eigentlich seine Schwester davon abhalten wollte, sich durch seine privaten Sachen zu wühlen, hielt plötzlich inne. Ihm wurde abwechselnd heiß und kalt. Er war sich sicher gewesen, dass er das verdammte Testament hier auf den Tisch gelegt hatte! Aber es war nicht da. Er sah die Papierstapel selbst noch einmal durch, aber das Testament war verschwunden.

Sybille warf ihm einen bösen Blick zu. »Wo ist es?«

»Ich hab keine Ahnung, ehrlich.«

Wütend stapfte Sybille zum Sofa und packte ihren Mantel. »Mir reicht es allmählich. Deine verdammte Geburtsurkunde besorge ich sowieso selber.« Sie ging zur Tür. »Und übrigens, ich halte es für keine gute Idee, dass wir unter diesen Umständen zusammen Heiligabend feiern. Ich habe erst mal genug von deinem ehrlichen Getue. Du kannst dich wieder melden, wenn du deinen Familiensinn wiedergefunden hast.« Sie stürmte hinaus und knallte die Tür hinter sich zu.

Stefan blieb ratlos zurück. Wo war das Testament abgeblieben? Er warf einen fragenden Blick zu seinem Mitbewohner, aber Bruno putzte angelegentlich seine Vorderpfote.

Es war ganz in Stefans Sinne, dass Sybille das Testament nicht gefunden hatte, aber er hatte keine Erklärung dafür, wo es sich jetzt befinden könnte. Ratlos kratzte er sich am Kinn. Wenigstens hatte Sybille nicht die Fotos und die Karte von Elisabeth entdeckt.

Aufmerksam beobachtete Bruno seinen Menschen. Ganz kurz hatte er wieder befürchtet, dass sein Mensch einknicken würde, aber offenbar war er stark genug, seiner Schwester das Papier zu verweigern. Und wo sich das Testament genau befand, wusste sein Mensch im Moment zum Glück gar nicht. Das Testament war nicht sehr weit weg, aber in Sicherheit. Bruno streckte sich und sprang auf den Kratzbaum, um sich davon zu erholen, dass ihn diese schreckliche Person aus seinem Schlaf gerissen hatte.

Nach dem Aufwachen galt ihr erster Gedanke nicht wie immer der Insulinspritze für Daisy, sondern einem Mann. Nach der Pleite mit Alexander hatte sie keinen Gedanken an eine neue Beziehung verschwendet, und an Stefan Schuster, der ihr Architekt hatte werden sollen, hatte sie schon gar nicht gedacht. Aber Nina hatte offenbar schon mehr gesehen als Lisa selbst. Dabei stand Lisa im Moment wirklich nicht der Sinn nach einem Mann. Sie stützte sich auf die Ellenbogen und sah zum Fußende des Bettes. Daisy lag dort quer über ihre Füße und hob den Kopf. Lisa blickte genau in die Augen der Katze, die sie fragend ansahen. Sie teilte ihr Bett schließlich seit neuestem mit einer Katze, da passte ein Mann gar nicht mehr rein.

Lisa beugte sich vor, kraulte die Katze unter dem Kinn und zog dann ihre Füße unter dem Katzenkörper hervor, der sich erstaunlich schwer anfühlte. Trotzdem sprang Daisy vom Bett, noch ehe Lisas Füße den Boden berührten. Dieser Stefan Schuster war wirklich verdammt nett, und es war durchaus möglich, dass sie sich in all dem vorweihnachtlichen Gefühlschaos, in dem sie sich befand, in ihn verlieben könnte. Wenn sie es nicht schon getan hatte.

Nach ihrem obligatorischen Besuch beim Tierarzt machte Lisa sich eine Tasse von ihrem neu erstandenen Weihnachtstee und setzte sich an den Schreibtisch im Schlafzimmer. Ihr blieb noch eine Stunde Zeit, ehe sie zur Arbeit musste, und es war dringend Zeit, restliche Weihnachtskarten zu schreiben, wenn ihre Empfänger sie noch vor Weihnachten erhalten sollten. Ihre Gedanken schweiften immer wieder ab, und sie sah aus dem Fenster, während sie sich mit dem Stift gegen die Schneidezähne klopfte. In Gedanken spielte sie ihre gestrige Begegnung mit Stefan noch einmal durch, das Abendessen, wie anständig er sich hier verhalten hatte, sein Gespür für Daisy. Er war wirklich ein toller Mann.

Schließlich riss sie sich zusammen und schrieb noch ein paar Karten. Bereits vor einigen Tagen hatte sie einige Karten geschrieben, eine davon an Paul. Sie machte sich ein wenig Sorgen um ihn. Außerdem hatte sie ein schlechtes Gewissen. In den letzten Jahren war sie nur selten in ihre Heimat zurückgekehrt, denn eigentlich hatte sie vorgehabt, ein neues Leben mit Alexander zu beginnen. Und nach der

Pleite mit Alexander hatten ihre beruflichen Pläne Vorrang gehabt. Sie hatte in den vergangenen Wochen mehrmals bei ihm angerufen, aber ihn nicht erreicht. Mit ihrer Karte hatte sie ihren Besuch zu Weihnachten ankündigt. Paul würde sich sicher freuen, über alte Zeiten zu plaudern. Schließlich hockte er ganz allein mit seinem alten Kater in seinem Haus und war vielleicht gerade an den Feiertagen ziemlich einsam. Seit Lisa zurückgekehrt war, hatten sie nur einmal miteinander gesprochen. Wenn sie sich in ihrer neuen Wohnung eingerichtet und in ihrer Arbeitsstelle eingelebt hätte, wollte sie ihn besuchen, hatte sie ihm versprochen. Das war jetzt schon Monate her. Sie hatte ein schlechtes Gewissen, weil sie so lange weggewesen war. Auch als ihre Mutter starb, war sie nicht da gewesen. Bei Ruths Beerdigung hatte sie Paul kurz gesehen, der ziemlich alt geworden war und sehr betrübt ausgesehen hatte. Ohne Ruth war Paul ihr plötzlich ein wenig fremd erschienen. Dabei war er ein ausgesprochen liebenswürdiger Mensch, der Lisa ohne Zögern bei sich aufgenommen hatte, als Ruth bei ihm eingezogen war. Ihre Mutter war ein ziemlich verrücktes Huhn gewesen. Wer ihr leiblicher Vater war, wusste Lisa nicht. Später hatte ihre Mutter geheiratet, aber die Ehe war nach ein paar Jahren in die Brüche gegangen, und dann war Paul gekommen. Lisa hatte nie verstanden, warum die beiden nie geheiratet hatten. Ihren Freunden hatte sie damals voller Stolz berichtet, sie würde in einer WG wohnen, denn jeder trug einen anderen Familiennamen: sie den Mädchennamen ihrer Mutter, Ruth ihren Ehenamen, den sie nach der Scheidung nicht abgelegt hatte, und Paul war eben immer Paul Schuster gewesen. Lisa stutzte. Was für ein merkwürdiger Zufall! Paul Schuster. Stefan Schuster. Sie spürte, wie der Gedanke an Stefan ihr Herz erwärmte. Wenn sie den Kopf frei hätte, hätte ihr Verstand ihr vielleicht schon lange gesagt, dass er der Richtige war. Nur im Moment war es erst der Bauch, der es ahnte.

Seufzend schob Lisa die Weihnachtskarten zusammen, als ihr Blick auf Daisy fiel. Sie hatte sich bereits daran gewöhnt, dass dieses sanfte Wesen auf leisen Pfoten daherkam und sie aus gebührendem Abstand beobachtete. Auf dem Weg in den Flur kraulte Lisa ihr das seidige Fell.

»Vielleicht hättest du auch nichts gegen einen Genossen wie Bruno, was?«

Als sie in die unergründlichen Augen der Katze sah, setzte sich plötzlich ein Gedanke ganz hinten in ihrem Kopf fest, aber ehe sie ihn greifen konnte, fiel ihr etwas anderes ein. »Ich muss schnell los und auf dem Weg ins Café noch Briefmarken kaufen.«

Daisy sah ihr interessiert zu, wie sie schnell ihren Mantel anzog, in die Stiefel stieg und die Mütze aufsetzte. Ehe sie ging, sagte Lisa noch ein paar freundliche Abschiedsworte zu ihrer Katze, und dann war sie weg.

Schade, dachte Daisy. Sie hatte es doch fast gehabt. Daisy hatte in den Augen ihrer Menschin die Erkenntnis gesehen, aber diese Menschen waren ja immer so in Eile, dass sie das Wesentliche aus den Augen verloren. Besonders in dieser Zeit, in der sie anfingen, Bäume in ihre Wohnungen zu stellen und buntes Zeug dranzuhängen. Daisy ging ins Wohnzimmer, sprang auf ihren Sessel und machte es sich bequem, um von Bruno zu träumen.

Lisa hatte sich ziemlich beeilt, dass sie noch vor Arbeitsbeginn das Café erreichte. An diesem Morgen hatte sie keinen Blick für den Weihnachtsmann unter der großen Tanne in der Fußgängerzone. Ihre Aufmerksamkeit wurde von der Gruppe Menschen vor dem Café abgelenkt, die einen Schritt beiseitetraten, als Lisa auf die Eingangstür zuging. Sie drückte gegen den Bogengriff und stellte fest, dass die Tür noch verschlossen war.

»Das haben wir auch schon versucht«, erklärte die alte

Dame, die jeden Morgen eine der ersten war, und drei Handwerker nickten bestätigend. »Ist noch geschlossen«, fügte die Dame überflüssigerweise hinzu.

Lisa kramte ihr Handy heraus und wählte die Nummer von Herrn Offenstein, der ihr erklärte, dass es seiner Mutter sehr schlecht gehe und er die Zeit völlig vergesse habe. Kurz darauf wurde ein Fenster im Obergeschoss geöffnet, und Herr Offenstein warf ein Schlüsselbund runter. »Machen Sie schon mal auf«, sagte er zu Lisa und beendete das Gespräch. Sie nahm völlig verdattert die Schlüssel von einem der Handwerker entgegen, der sich danach gebückt hatte. Natürlich war auch Ina an diesem Morgen wie immer zu spät, aber die frühen Gäste hatten Verständnis für Lisas schwierige Situation und nahmen etwas Wartezeit klaglos in Kauf. Lisa riss nur die Tür zum Personalraum auf, warf den Mantel hinein, stellte die Kaffeemaschine an und nahm dann die Bestellungen der Gäste auf, die sie in Windeseile in der Küche zubereitete. Immerhin tauchte Ina so rechtzeitig auf, dass sie die Bestellungen an die Tisch bringen konnte. Als alle versorgt waren, nahm sich Lisa selbst eine Tasse Kaffee und trank ihn in Gedanken versunken mit Blick auf die Gäste. So konnte es nicht weitergehen. Bei allem Verständnis für die schlechte Gesundheit der alten Frau Offenstein konnten Ina und sie den Laden nicht ständig allein schmeißen. Sie hatten ja nicht einmal Kuchen und Gebäck für den Nachmittag.

Als sich das Café am späten Vormittag etwas geleert hatte und Ina mit den Gästen allein zurechtkam, verzog sich Lisa in die Küche, um ein paar Torten zu backen. Eigentlich hatte sie zwei einfache Rezepte im Kopf gehabt, aber dann sah sie den Steinguttopf mit der Aufschrift *Buchweizenmehl.* Sie wollte nicht in einem seelenlosen Café arbeiten, in dem abgestandener Kaffee und schlichte Kuchen angeboten wurden. Sie wollte mehr. Sie wollte, dass die Gäste gern kamen, und zwar wegen ihrer Kuchen. Sie nahm das Behältnis aus dem Regal und hob den Deckel ab. Der Geruch war nicht jedermanns Sache, aber der Geschmack war später umso besser. Sie würde eine abgespeckte Version ihrer Wikingertorte backen, so wie ihre Großmutter früher. Auf die Raffinessen, die Lisa im Laufe der Zeit hinzugefügt hatte und die Alexander dazu verführt hatten, ihr Rezept zu stehlen, musste sie allerdings aus Zeitgründen verzichten. Sie fand alle notwendigen Zutaten. Ganz hinten im Schrank stand sogar ein Glas Preiselbeermarmelade. Es war das erste Mal, seit sie sich von Alexander getrennt hatte, dass sie es wagte, die Torte zu backen. Wider Erwarten war es nicht schlimm. Die Wut auf seinen Betrug kehrte natürlich zurück, aber sie wurde gemildert durch den angenehmen Gedanken an Stefan, der durchaus Qualitäten hatte, um den Platz an Lisas Seite einzunehmen.

Als sie später die fertige Torte mit Schokoladenraspel und einem Klecks Preiselbeermarmelade in der Mitte verziert in die Theke stellte, sagte Ina: »Schönen Gruß von Herrn Offenstein. Seiner Mutter geht's noch nicht besser. Er wird die nächsten Tage nicht runterkommen. Ich soll dir aber ausrichten, dass er Brötchen und was wir sonst noch so brauchen, bestellt hat.« Sie griff sich ihre Zigarettenschachtel. »Ich geh mal eine rauchen«, sagte sie, ehe Lisa sich von ihrem Schock erholt hatte.

Erst ein älteres Ehepaar riss sie aus ihren Gedanken. »Was ist denn das für eine Torte?«, fragte die Frau.

»Buchweizentorte. Sie heißt eigentlich Wikingertorte, aber für die Feinheiten hatte ich keine Zeit.«

»Wie?« Die Dame sah Lisa irritiert an.

Es war viel zu kompliziert, der Kundin zu erklären, dass die Wikingertorte eigentlich viel aufwendiger war. »Am besten probieren Sie mal ein Stück.«

Tatsächlich lobten die beiden die Torte sehr und empfahlen sie auch anderen Gästen, so dass am späten Nachmittag nur noch ein letztes Stück übrig war. Nachdem Ina gegangen war, schloss Lisa die Tür hinter ihr zu und setzte sich mit einer Tasse Weihnachtstee an einen der Tische. Sie musste irgendetwas unternehmen. Sie war bereit, bis Heiligabend das Café praktisch in Eigenregie und völlig unterbesetzt fortzuführen, aber danach musste sich etwas ändern. Und dazu musste sie dringend mit Herrn Offenstein sprechen, der sich bisher offenbar ganz bewusst darum gedrückt hatte. Dabei würde sich der Zustand seiner betagten Mutter wohl eher nicht verbessern. Sie legte die Hände um die warme Tasse und trank einen Schluck. Und sie musste sich etwas mit Daisy überlegen. Es ging nicht, dass sie zweimal am Tag den Tierarzt aufsuchte und zwischendrin ununterbrochen arbeitete.

Als jemand an der Tür rüttelte, wollte sie eben darauf hinweisen, dass sie bereits geschlossen hatten, doch dann erkannte sie, wer vor der Tür stand. Lisa stellte die Tasse ab und schloss die Tür auf.

»Hallo.« In Stefans Haaren hatten sich Schneeflocken verfangen.

Lisa zog ihn am Ärmel herein. »Hallo.« Sie schob die Tür zu, dann bewegte sich ihre Hand wie automatisch zu seinem Kopf, und sie wuschelte ihm durch die Haare. »Voller Schnee«, erklärte sie.

»Es schneit«, stellte Stefan fest. »Wir reden Unsinn«, fügte er hinzu.

»Ziemlichen Unsinn«, bestätigte Lisa.

Stefan fasste ihre Handgelenke, und sein Mund berührte ihre Lippen. »Du bist so schön warm.«

»Und du furchtbar kalt.«

»Und ich habe einen ziemlichen Hunger«, erklärte Stefan, nachdem er sie ausgiebig geküsst hatte.

»Tja, ich kann dir ein Brot machen.«

Als Lisa mit einer kleinen Brotzeit aus der Küche zurückkehrte, stand Stefan vor dem Tresen. »Und was ist mit dem armen einsamen Stück Torte da?« Er wies auf das letzte Stück Wikingertorte.

»Das hat nur auf dich gewartet.«

Gemeinsam aßen sie die Brote, und Stefan verputzte anschließend das Tortenstück. Lisa stützte das Kinn in die Hand und sah ihm dabei zu. War es nicht eine Art Wiedergutmachung, dass Stefan hier saß und die Torte aß, deren Rezept ihr Alexander hatte stehlen wollen?

»Echt lecker. Hast du die gebacken?«

»Ja. Gebacken und kreiert.«

»Dein Chef scheint viel von dir zu halten, wenn er dir schon seine Backstube anvertraut.«

»Das ist wohl eher weniger sein Motiv.« Lisa erklärte ihm die Situation im Café und die schlechten Aussichten darauf, dass sich etwas ändern würde.

»Hm.« Stefan schob seinen leeren Teller von sich. »Ich meine, diese Location am See hatte ihre Vorteile, aber hier in der Fußgängerpassage ist eine optimale Lauflage. Man könnte etwas daraus machen.«

»Und was willst du mir damit sagen?«

»Dass du mit Herrn Offenstein in Verhandlungen eintreten solltest. Er kann das Café offenbar nicht weiterführen, und du kannst in dieser Konstellation nicht weitermachen.«

»Du vergisst dabei, dass ich im Moment kein Geld habe, um hier etwas zu übernehmen.«

»Du könntest es pachten, und zwar für eine Pacht, die berücksichtigt, dass er das Lokal anderenfalls schließen müsste. Außerdem braucht ihr weiteres Personal.«

Lisa sah sich betrübt um. »Als Erstes brauchen wir eine neue Einrichtung. Diese ist an Scheußlichkeit kaum zu überbieten. Außerdem müssen wir etwas mit der Schwingtür machen. Die Kellnerin hat, seit ich hier bin, dreimal ein Tablett mit Geschirr fallen lassen, weil ihr die Tür ins Kreuz geschlagen ist.«

»Das sind doch schon ziemlich konkrete Pläne. Du kannst ja mal darüber nachdenken.«

Lisa schlug sich die Hand vor den Mund und gähnte.

»Entschuldige. So richtig vorstellen kann ich es mir noch nicht, aber das liegt vielleicht daran, dass der Gedanke noch so neu ist.«

Stefan stellte sein Geschirr zusammen. »Soll ich dich nach Hause bringen?« Als er Lisas irritierten Blick sah, fügte er hinzu: »Um Daisy ihre abendliche Spritze zu verabreichen, natürlich. Oder was dachtest du?«

22.

Dezember

Am Tag zuvor hatte Stefan sich mit den Planungen für den Umbau des Hauses der Familie Lehmann beschäftigt und ziemlich viel herumtelefoniert. Heute wollte er sich weiter mit der Suche nach Elisabeth beschäftigen. Er würde es schön finden, wenn er sie so rechtzeitig finden würde, dass sie an Pauls Beerdigung teilnehmen konnte. Schließlich konnte er nicht sicher sein, dass sie die Traueranzeige in der Zeitung rechtzeitig lesen würde, die außerdem erst einen Tag vor der Beisetzung erscheinen würde. Mit einem Espresso und Pauls Deutschlandbuch gesellte er sich zu Bruno, der es sich auf seiner Decke auf dem Sofa bequem gemacht hatte. Seine Pfote schien sich etwas gebessert zu haben, jedenfalls humpelte er kaum noch. Stefan betrachtete noch einmal die Postkarte, die Elisabeth Paul und Ruth geschickt hatte. Seinen ersten Gedanken, dass es sich bei den markierten Seiten um Pauls potentielle Urlaubsziele handelte, verwarf er wieder. Zum einen hätte sein Onkel seine Gewohnheiten schon sehr ändern müssen, wenn er plötzlich reisefreudig geworden wäre, zum anderen würden die langen Zeiträume, die er auf den Buchseiten notiert hatte, keinen Sinn ergeben. Niemand machte zweieinhalb Jahre am Stück Urlaub. Was allerdings das Wort *Blau* mit der Stadt zu tun haben sollte, aus der Elisabeth die Karte verschickt hatte, war nicht zu erkennen. Jedenfalls tauchte das Wort in der Beschreibung der Stadt nicht auf.

Als er aufstand, um seinen Laptop zu holen, verfolgte Bruno jede seiner Bewegungen aufmerksam. Stefan gab den Namen der Stadt ein und dann das Suchwort *Blau*. Es erschien ein Treffer für das *Café Blau. Wir backen selbst. Probieren Sie unsere Konditorenwerke*. Er ging in das Impressum, um irgendwo den Namen Elisabeth zu entdecken, dann klickte er sich durch die Fotogalerie, aber keines der Frauengesichter kam ihm bekannt vor. Er schlug die Seite im Atlas auf, auf der Paul ebenfalls einen Zeitraum und den Begriff *Kaiser* notiert hatte. Als er danach im Internet suchte, erschien die Seite des *Hotels Kaiser*. Darauf konnte er sich überhaupt keinen Reim machen. Erst ein Café, dann ein Hotel. Er hatte keine Ahnung, als was diese Elisabeth arbeitete. Hotelmanagerin? Kellnerin? Vielleicht lag er mit seiner Idee auch völlig falsch, und die Einträge im Deutschlandführer hatten mit Elisabeth gar nichts zu tun. Er würde es einfach noch mit dem letzten Eintrag versuchen. Der *Hermannshof* war ein ehemaliger Gutshof, in dem heute ein Wellnesshotel untergebracht war. Es gab ein Restaurant mit eigener Konditorei und Spabereich. Vielleicht war sie auch Masseurin oder Physiotherapeutin oder … Stefan lehnte sich seufzend zurück. Das war doch eine Sackgasse. Er wusste nicht, wie Elisabeth mit Nachnamen hieß, und er hatte keine Ahnung, ob das hier eine falsche Fährte war. Er klappte den Laptop zu und warf das Buch aufs Sofa. Es hatte keinen Zweck. Er würde Elisabeth niemals finden. Stefan lehnte sich zurück, legte den Kopf auf die Rückenlehne und starrte an die Decke. Als er den Kopf wieder senkte, begegnete er Brunos Blick.

»Ich habe alles versucht, Bruno. Ehrlich. Ich weiß nicht, wie ich eine Frau finden soll, von der ich nur den Vornamen kenne.«

Bruno blinzelte ein paar Mal und schloss die Augen dann wieder. Er konnte nur hoffen, dass dieser Mensch sich noch mal besann und auf den richtigen Weg zurückfand.

»Du machst es dir leicht, Bruno. Hast du vielleicht eine bessere Idee, wo ich sie überhaupt suchen soll?« Er klappte den Laptop noch mal auf und ging ein zweites Mal auf die Seite des *Hermannshofs*. Die Fotogalerie war ziemlich umfangreich, und es dauerte ewig, bis er sich durchgeklickt hatte. Aufmerksam studierte er jedes Foto, aber er konnte kein Bild einer Frau erkennen, bei der es sich um Elisabeth handeln könnte. Aber da er auch keine Ahnung hatte, wie sie heute aussah, war das Ganze wie die Suche nach einem Geist. Er ging auf die Kontaktseite des Hermannshofs und schrieb eine E-Mail. Wenn jemand darauf antworten würde, wäre es wirklich ein Wunder. Die mussten denken, dass ihnen ein Bekloppter schrieb und würden die E-Mail löschen. Ich suche eine Elisabeth, habe keine Ahnung, wie sie mit Nachnamen heißt und was sie beruflich macht, war nicht die Anfrage, die ein Hotel erwartete. Er klappte den Laptop zu. Das musste für heute wirklich reichen.

Lisa legte den Hörer auf. »Ich mache mir wirklich Sorgen, Daisy. Paul geht seit Tagen nicht ans Telefon. Und eigentlich hatte ich damit gerechnet, dass er sich gleich meldet, wenn er meine Karte bekommt. Immerhin ist in zwei Tagen Heiligabend.« Nachdenklich betrachtete sie die Katze, die zu ihren Füßen saß und zu ihr aufschaute. »Ich will wirklich nicht hoffen, dass ihm etwas passiert ist.« Sie sah auf die Uhr. »Weißt du was? Wir düsen jetzt schnell zum Tierarzt und fahren auf dem Rückweg bei ihm vorbei. Komm.«

Die Tierarzthelferin wollte erneut einen Versuch unternehmen, Lisa in der Kunst des Spritzengebens zu unterweisen, aber die lehnte ab, weil sie in Eile war. »Und wie haben Sie das Problem in den vergangenen Tagen abends gelöst? Hat Daisy keine Spritze bekommen?«

»Doch, hat sie.« Lisa blieb etwas ratlos in der Tür stehen. Sie hastete eilig hinaus, ehe sie weitere Erklärungen abgeben musste.

»Merkwürdig. Dass jemand morgens keine Spritzen geben kann, aber abends schon, habe ich noch nie gehört«, sagte die Helferin zu ihrer Kollegin.

Es war ein merkwürdiges Gefühl, nach so langer Zeit wieder in die Straße zu kommen, in der sie ihre Jugend verbracht hatte. Lisa schloss den Wagen ab. Sie wollte sich nur kurz aufhalten. Immerhin hatte sie die Katze allein im Auto zurückgelassen. Ihr fiel sofort ins Auge, dass der Gehweg vor den Nachbargrundstücken frisch geschippt war. Auch die Wege zu den Häusern der Nachbarn waren vom Schnee befreit. Auf Pauls Grundstück sah es aus, als sei zuletzt vor einigen Tagen Schnee gefegt worden. Sie stapfte durch den zentimeterhohen Schnee und läutete an der Haustür, aber es passierte nichts. Nachdem sie ein paar Mal geläutet und in die Stille gelauscht hatte, umrundete sie das Haus. Es sah nicht so aus, als sei Paul zum Einkaufen gegangen. Es führten keine Spuren vom Haus weg. Außer ihren eigenen gab es überhaupt keine Fußspuren.

»Da ist niemand da!«

»Wie?« Lisa sah sich um. Hinter dem Zaun stand ein Nachbar und sah zu ihr herüber. Lisa stiefelte über die schneebedeckte Rasenfläche zu ihm hinüber.

»Sie wissen es wohl noch nicht, wie?«, fragte der Mann, und Lisa wunderte sich über seinen mitfühlenden Tonfall. Sie kannte den Mann nicht. Zu ihrer Zeit hatte er dort noch nicht gewohnt. »Der Herr Schuster ist verstorben.«

»Paul ist tot?«, fragte Lisa fassungslos.

»Tut mir leid. Kannten Sie ihn gut?«

»Ja, ich habe früher hier selbst gewohnt. In den vergangenen Jahren habe ich in anderen Städten gelebt. Was ist denn passiert?«

»War wohl ein Herzinfarkt. Er hat davon nichts mitgekriegt. Die Frau Bauer, die auf der anderen Seite wohnt, hat immer ein Auge auf ihn gehabt. Sie hat ihn auch gefunden. Na ja, die ist jetzt aber verreist.«

»Ach, Paul. Wann war das denn?«

»Vor ungefähr zwei Wochen. Er soll morgen beerdigt werden. Um elf auf dem Westfriedhof. Meine Frau und ich gehen auch hin.«

»Da werde ich natürlich auch hingehen. Vielen Dank, dass Sie es mir gesagt haben.«

Der Mann kniff die Augen zusammen. »Sind Sie mit Paul verwandt?«

»Nicht richtig. Ich bin die Tochter seiner Lebensgefährtin.«

Der Mann nickte wissend. »Na, ich frag bloß. Die fangen schon an, das Haus auszuräumen. Gestern hab ich zu meiner Frau gesagt, wir werden eines Tages aufwachen, und die haben das ganze Haus abgetragen.« Er lächelte. »Na, nichts für ungut. Bis morgen dann.« Er wandte sich um.

»Bis morgen«, erwiderte Lisa nachdenklich. »Ach, sagen Sie, wer kümmert sich denn hier um alles?«

Der Mann wandte sich noch einmal zu ihr um. »Kümmern kann man das auch nennen. Seine Nichte und die beiden Neffen.«

Lisa nickte. Neffen. Sie hatte doch vorhin schon einen Gedanken gehabt, der ihr wieder entwischt war. Neffe. Sie konnte sich daran erinnern, dass sie mit einem Neffen von Paul gespielt hatte, als sie ganz klein gewesen war. Aber eines Tages war er nicht mehr gekommen. Stefan – Stefan Schuster. Ob das ein Zufall war? In Gedanken versunken ging sie zu ihrem Auto zurück. Das konnte eigentlich kein Zufall sein. Derselbe Name, und hatte Stefan nicht von Geschwistern und einer Erbschaft gesprochen? Das würde doch alles zusammenpassen.

Als sie den Wagen starten wollte, fiel ihr Blick auf die Uhr auf dem Armaturenbrett. Es war zehn vor zehn. Und sie musste Daisy noch zu Hause abliefern. Sie würde viel zu spät ins Café kommen!

Stefan stand mit dem Mann von Nina Lehmann und dem Inhaber einer Baufirma vor dem Haus, um die Einzelheiten des Umbaus zu besprechen, als sein Handy läutete.

»Entschuldigung«, sagte er zu den beiden Männern und ging ein paar Schritte zur Seite. »Schuster?«

»Herr Schuster. Hier spricht Brigitte Schmidt vom Hermannshof.«

»Ach! Das ist ja toll, dass Sie zurückrufen.«

»Ja, ich hab ehrlich gesagt nicht so richtig verstanden, worum es geht.«

»Das ist auch eine etwas knifflige Sache.« Stefan warf einen Blick auf die beiden Männer, die aber in ein Gespräch vertieft waren und ihn gar nicht beachteten. »Ich bin auf der Suche nach einer Frau mit dem Vornamen Elisabeth. Sie hat eine Erbschaft gemacht, aber leider ist ihr Nachname nicht bekannt. Eigentlich ist von ihr ziemlich wenig bekannt. Ich habe nur ein bisschen geforscht, und es könnte sein, dass sie bei Ihnen arbeitet oder gearbeitet hat.«

»Ja, so ähnlich habe ich Ihre E-Mail auch verstanden. Ihre Anfrage war nur so ungewöhnlich, dass ich Ihnen nicht einfach zurückschreiben wollte. Bei uns hat tatsächlich eine Elisabeth gearbeitet. Bei uns war sie immer Eliza. Den Spitznamen hat ihr einer der Kollegen verpasst. Sie war bei uns in der Küche für die Nachspeisen und Torten zuständig.«

»Sie ist also nicht mehr bei Ihnen?«, fragte Stefan enttäuscht.

»Nein. Sie hat uns schon vor mehr als einem Jahr verlassen. Sie hat gesagt, sie will in ihre Heimat zurückkehren. Ihr Herz gehörte den Kuchen und Torten, aber unser Hotel hat kein eigenes Café. Dieser Bereich ist bei uns nicht so stark ausgebaut, und das war ihr auf Dauer zu wenig.«

»Haben Sie Ihre Adresse?«

»Ich weiß nicht, ob ich Sie Ihnen geben dürfte. Aber unabhängig davon ist unser Personalchef heute nicht da. Genau genommen kommt er erst im neuen Jahr zurück. Ich kann Ihnen deshalb jetzt nicht helfen. Erst im nächsten Jahr wieder.«

»Mist.«

»Hilft es Ihnen, wenn ich Ihnen sage, dass Sie aus Ihrer Stadt stammt und dass sie sich später noch einmal aus einem Café gemeldet hat, das den Namen irgendeines Komponisten trug?«

»Komponisten?«

»Ja, das ist alles, woran ich mich zurzeit erinnere. Sie können mir glauben, dass ich mir den Kopf zerbreche, seit ich Ihre Anfrage gelesen habe, aber der Name fällt mir partout nicht ein.«

»Vielleicht haben Sie mir schon geholfen, Frau Schmidt. Vielen Dank, dass Sie sich überhaupt gemeldet haben.«

»Gern geschehen. Ich hoffe, Sie finden sie. Wenn mir der Name des Cafés noch einfällt, melde ich mich.«

Stefan gesellte sich wieder zu den beiden anderen, aber er war mit den Gedanken nicht ganz bei der Sache. In seinem Kopf herrschte ein ziemliches Durcheinander. Plötzlich schien sich alles um Torten zu drehen.

Als ihre Besprechung endlich zu Ende war, lief er zum Wagen und setzte sich hinters Steuer. Er gab die Suchbegriffe in sein Smartphone ein und durchsuchte die Ergebnisse. Es gab zwei Cafés in Straßen, deren Namensbestandteil ein Komponist war. Und es gab das Café Brahms!

Stefan gab die Adresse des Cafés in seinen Navi ein und fuhr los. Als er den Wagen vor dem Café abstellte, hatte er das Gefühl, am Ziel zu sein. Es war ein modernes Café und weihnachtlich geschmückt. Er setzte sich an einen Fenstertisch und bestellte sich einen Kaffee. Als die Kellnerin ihm den Kaffee brachte, bat er sie, sich kurz zu ihm zu setzen. Diesem Wunsch kam die junge Frau eher zögerlich nach.

Stefan stellte sich vor und erklärte der jungen Frau, dass er eine Erbin suche.

»Echt?« Jetzt war die Kellnerin doch interessiert.

»Echt. Das Problem ist, dass ich nur ihren Vornamen Elisabeth kenne. Und wenn ich auf der richtigen Spur bin, hat sie hier in diesem Café gearbeitet.«

»Ach, die Lisa meinen Sie.« Die Kellnerin klang beinahe ein wenig enttäuscht, weil die Lösung so schnell gefunden war.

Bei Stefan fiel der Groschen erst allmählich. »Lisa?«

»Ja, sie hieß Elisabeth, und wir haben sie Lisa genannt.«

»Lisa.«

»Elisabeth Kampmann. Sie hat vor kurzem gekündigt, weil sie sich selbständig machen wollte. Sie hatte ein schönes Café am See gefunden.«

Stefan lehnte sich zurück und sah die junge Frau fassungslos an. »Und sie backt Wikingertorten.«

Jetzt war die Kellnerin irritiert. »Sie kennen Sie doch offenbar. Erik ist ihr Faible.«

Erik – Erik war weder ein Tanz noch ein Möbel. Erik war eine Torte. Stefan schüttelte den Kopf. Sie war die ganze Zeit vor seiner Nase gewesen, und er hatte es nicht begriffen. Er konnte gar nicht schnell genug nach Hause kommen, um Bruno von seinem Erfolg zu berichten.

»Du glaubst es nicht, aber ich habe sie gefunden!«, rief er, nachdem er ins Loft gestürmt war. »Wer hätte das gedacht, dass wir so schnell ans Ziel kommen? Und das, wo uns Sybille aller Hinweise beraubt hat. Aber eben nur fast. Auf dieses Buch hat sie nicht geachtet. Sie hat einfach nicht gedacht, dass es irgendwelche Hinweise enthält! Ha! Das Rätsel haben wir in Rekordgeschwindigkeit gelöst.«

Bruno gähnte. Schnell? Hat ziemlich lange gedauert, bis du es kapiert hast.

Der Gedanke an Pauls Tod hatte Lisa den ganzen Tag über begleitet. In die Trauer mischten sich auch Selbstvorwürfe, weil sie sich zu wenig um Paul gekümmert hatte. Und jetzt hatte sie zu lange gewartet. Ina hatte ihr merkwürdige Blicke zugeworfen, wenn Lisa sich eine Träne aus dem Auge gewischt hatte, aber sie hatte geschwiegen.

Erst am Abend, nachdem sie das Café geschlossen hatten und Lisa langsam durch die verlassene Fußgängerzone nach Hause geschlendert war, hatte sich noch ein weiterer unschöner Gedanke hinzugesellt. Pauls Nachbar hatte davon berichtet, dass die Neffen sich bereits mit dem Nachlass befassten. Warum aber hatte Stefan nie ein Wort darüber verloren? Sie hatten doch über Erbschaften gesprochen, über Stefans Geschwister, die sich offenbar den Nachlass unter den Nagel reißen wollten, worüber er sich mit seinen Geschwistern stritt. Warum aber hatte Stefan dann kein Wort zu ihr gesagt? Glaubte er, dass sie ihm etwas streitig machen wollte? Sie war doch nur Ruths Tochter. Ihr stand doch gar nichts zu. Und sie wollte auch gar nichts. Sie wollte einfach nur um Paul trauern, und das hätte sie doch gemeinsam mit Stefan machen können.

23.

Dezember

Nachdem sie am Abend zwei Anrufe von Stefan ignoriert hatte, hatte sie das Handy abgeschaltet. Am Morgen zeigte das Display siebenunddreißig unbeantwortete Anrufe von ihm an. Ina musterte Lisa unentwegt, sagte aber nichts zu ihrer traurigen Miene. Irgendwann kam Ina in die Küche. »Dein Typ steht draußen.«

»Er ist nicht mein Typ.«

»Aha. Um elf Uhr findet eine Beerdigung statt, sagt er.«

»Weiß ich. Geh raus und sag ihm, er soll verschwinden.«

»Es geht mich ja nichts an …«, begann Ina, aber Lisa fiel ihr ins Wort.

»Richtig. Es geht dich nichts an. Sagst du ihm also bitte, dass er weggehen soll? Danke.«

Ina verließ die Küche. Offenbar hatte sie Erfolg, denn als Lisa wenig später in den Gastraum kam, war Stefan nicht mehr da.

Herr Offenstein hatte sich verständnisvoll gezeigt und Lisa für die Beisetzung freigegeben. Auf keinen Fall wollte sie zu früh auf dem Friedhof erscheinen. Es würde ihr vermutlich nicht gelingen, nicht mit Stefan zusammenzutreffen, aber vielleicht konnte sie vermeiden, allein mit ihm zu sein. Die ganze Nacht über hatte sie sich die Gespräche mit ihm durch den Kopf gehen lassen. Sogar Pauls Kater hatte er an sich genommen. Und er hatte die Frechheit besessen, ihr gegenüber seine Geschwister als raffgierig zu bezeichnen, während er gemeinsam mit seinen Geschwistern dabei gewesen war, Pauls Haus auszuräumen. Aber die allergrößte Enttäuschung war, dass er sich an sie herangemacht hatte! Ihre Verbindung über die Katzen hatte er ausgenutzt, um herauszufinden, wieviel sie wusste. Und als er festgestellt hatte, dass sie keine Ahnung hatte, dass Paul gestorben war, hatte er es fertiggebracht, sie auch weiter im Ungewissen zu lassen.

Nur wenige Minuten vor Beginn der Trauerfeier trat sie durch das schmiedeeiserne Friedhofstor. Vor der Kapelle standen ein paar Trauergäste, einige rauchten. Und dort befand sich auch Stefan. Er stand mit zwei Männern und zwei Frauen in einer Gruppe. Lisa sah demonstrativ geradeaus und eilte auf die geöffnete Tür der Kapelle zu. Aus dem Augenwinkel sah sie, dass Stefan sich aus der Gruppe löste und auf sie zukam. Noch bevor sie bei der Kapelle ankam, hatte er sie erreicht.

»Lisa!«

Am liebsten hätte sie ihn einfach stehen lassen, aber er stellte sich vor sie in die Tür der Kapelle.

»Lisa«, wiederholte er, um dann stumm vor ihr stehen zu bleiben.

Sie sah ihn auffordernd an.

»Du weißt, dass die Beerdigung heute ist?«, fragte Stefan schließlich.

»Du meinst, obwohl du es mir nicht gesagt hast?«

»Hat Ina dir nicht ausgerichtet, dass die Beisetzung heute ist?«

»Doch. Das hat sie. Aber ich hatte es schon selbst herausgefunden. Gestern.«

Er wand sich. »Ich habe erst gestern herausgefunden, dass du es bist. Also, dass du Lisa bist«, stotterte er. »Und ich wollte es dir sagen. Warum bist du nicht an dein Handy gegangen?«

»Du weißt schon seit Tagen, dass ich Lisa bin. Warum hast du mir nicht gesagt, dass Paul gestorben ist?«

Stefan senkte den Blick. »Ich habe dich gesucht, Lisa. Wirklich. Ich wusste nicht, dass ich dich schon gefunden hatte. Und ich habe die ganze Nacht wach gelegen, weil ich einfach nicht wusste, wie ich es dir erklären soll.«

»Ich verstehe kein Wort von dem, was du sagst. Ich weiß nur, dass du ein ganz mieser Feigling bist!«, fauchte sie.

»Es ist alles ein schreckliches Chaos, und du musst mir glauben, dass ich mir wirklich alle Mühe gegeben habe, um dich zu finden.«

Lisa schüttelte den Kopf und wollte an ihm vorbei in die Kapelle gehen, als die beiden Männer und die beiden Frauen, mit denen Stefan gesprochen hatte, zu ihnen traten.

»Hey, Sybille, Peter.« Er fasste Lisa am Ellenbogen. »Ich hab sie gefunden.«

Die vier machten nicht den Eindruck, als seien sie erfreut, Lisa zu sehen. Besonders die Frau kniff die Augen zusammen.

»Lisa, das hier sind meine Schwester Sybille mit ihrem Mann Michael und mein Bruder Peter mit seiner Frau Margret.« Er deutete auf Lisa. »Und das hier ist Lisa. Elisabeth, Ruths Tochter.«

Sybille klappte den Mund auf, aber sie brachte kein Wort heraus.

»Ach, du Scheiße!«, sagte Michael.

Sybille schien ihre Sprache wiedergefunden zu haben. »Schön. Aber jetzt ist wohl nicht der richtige Zeitpunkt für eine Familienzusammenführung.« Sie öffnete ihre Handtasche und nahm ein Taschentuch heraus. Etwas fiel heraus und landete im Schnee.

Lisa bückte sich. Es war eine Postkarte. Als sie die Karte aufhob, betrachtete sie das Motiv. Sie kannte das Weihnachtsmannmotiv mit den Rentieren. Sie selbst hatte die Karte an Paul geschickt. Sie richtete sich wieder auf. »Du hast mich also erst gestern gefunden?«, fragte sie Stefan.

»Ja, wieso?«

»Deshalb!« Sie hielt die Karte in die Höhe. »Diese Karte habe ich erst vor einigen Tagen an Paul geschickt. Es steht sogar meine neue Telefonnummer darauf.«

Stefan nahm ihr die Karte aus der Hand. »Ich verstehe das nicht.« Er warf Sybille einen Blick zu, die ihn mit hochgezogener Augenbraue ansah. »Woher hast du die Karte? Warum hast du sie versteckt?«

Sybille riss ihm die Karte aus der Hand. »Die habe ich wohl vergessen.« Sie schob sich an ihm vorbei.

Ein Mitarbeiter des Bestattungsinstituts stellte sich zu ihnen. »Wir sollten jetzt mit der Trauerfeier beginnen.«

Lisa warf Stefan einen letzten bösen Blick zu, dann wandte sie sich ab und ging in die Kapelle, wo sie sich in die letzte Reihe setzte. Stefan, dieser Feigling, setzte sich mit seiner Familie in die erste Reihe.

Die ganze Trauerfeier über ließ Lisa ihn nicht aus den Augen. Ihr Herz war so schwer. Sie konnte nicht glauben, dass Stefan einen genauso schlechten Charakter hatte wie Alexander. Einen Großteil der Rede des Pastors bekam sie gar nicht mit, weil ihre Gedanken immer wieder abschweiften, und sie hatte einen Kloß im Hals, so dass sie nicht einmal die Kirchenlieder mitsingen konnte. Im Moment war sie wirklich vom Pech verfolgt. Nach dieser Sache mit Alexander, ihrem geplatzten Traum vom Café und Pauls Tod hatte ihr so ein Reinfall wie der mit Stefan gerade noch gefehlt. Die Tränen liefen ihr über die Wangen, und Lisa sehnte sich danach, ihr Gesicht in Daisys tröstliches Bauchfell zu schmiegen. Sie war froh, als der Sarg endlich in die Erde gelassen wurde. So schnell wie möglich wollte sie weg von hier. An einem der nächsten Tage würde sie noch einmal herkommen und allein an Pauls Grab stehen.

Nachdem der Pastor sich von ihm verabschiedet hatte, entdeckte Stefan Lisa, die eilig auf das Friedhofstor zulief. Er rannte hinter ihr her.

»Lisa, bitte!«

Sie schaffte es nicht, ihm zu entkommen. Vor dem Tor hielt er sie auf.

»Stefan, ich möchte nichts mehr mit dir zu tun haben! Lass mich einfach in Ruhe!«

Er blieb vor ihr stehen und fasste sie an den Schultern. »Ich weiß, dass ich mich dämlich angestellt habe. Aber es wäre trotzdem nur fair, wenn du mir wenigstens die Chance gibst, alles zu erklären.« Er hob ihr Kinn an. »Ich habe dir in den letzten Tagen nichts vorgemacht. Und dass Sybille deine Karte an sich genommen hat, wusste ich nicht. Sie hat es heimlich gemacht, weil sie es ist, die verhindern wollte, dass wir dich finden!«

Lisa zitterte.

»Dir ist kalt. Bitte gib mir eine halbe Stunde. Meine Wohnung ist ganz in der Nähe, und ich koche dir einen schönen Tee. Oder Espresso. Oder was auch immer du willst.«

Seufzend gab sie nach. »Nur eine halbe Stunde. Danach muss ich zurück ins Café. Und auch nur, weil deine Wohnung auf dem Weg liegt.«

»Genau. Nur, weil meine Wohnung auf dem Weg liegt.«

Bruno lag auf seiner Decke auf dem Sofa, als sein Mensch in Begleitung von Daisys Menschin hereinkam. Er öffnete ein Auge. Es sah aber nicht so aus, als wenn alles in Ordnung wäre.

Lisa blieb einfach an der Wohnungstür stehen.

»Bitte zieh wenigstens deinen Mantel aus«, forderte Stefan sie auf.

Lisa knöpfte ihren Mantel auf und hängte ihn an die Garderobe. Stefan beobachtete sie, als hätte er Angst, dass sie versuchen würde wegzulaufen. Erleichtert stellte er fest, dass sie interessiert das Loft inspizierte und den Tannenbaum betrachtete. Als er mit zwei Tassen Espresso zur Sitzgruppe kam, saß Lisa neben Bruno auf dem Sofa und kraulte sein Nackenfell. Er stellte ihr eine Tasse hin. Seine eigene Tasse stellte er auf den Couchtisch, ohne davon zu trinken. Stattdessen nahm er Pauls Deutschlandführer. Und dann berichtete er Lisa davon, dass Sybille und Peter angefangen hatten, Pauls Haus auszuräumen, ehe er Gelegenheit hatte, Hinweise auf sie zu finden. Und dass er ihre bisherigen Arbeitsstationen abtelefoniert hatte, nachdem er endlich die Hinweise in dem Atlas verstanden hatte.

»Du warst im Café Brahms?«, fragte Lisa leise.

»Ja. Und dort haben Sie mir den entscheidenden Hinweis gegeben. Dass du dich selbständig gemacht hast, weil du ein Café am See eröffnen wolltest.« Er lächelte sie an. »Da habe ich es endlich kapiert.«

Stefan nahm seine Tasse und leerte sie in einem Zug. »Ich mache mir noch einen. Möchtest du auch noch?« Stefan schob den Ledersessel ein wenig beiseite und ging in die Küchenecke.

Lisa schüttelte den Kopf. Sie hatte noch keinen Schluck getrunken.

Seine Hände zitterten, als er die Espressomaschine noch einmal in Gang setzte. Er hoffte sehr, dass Lisa ihm glaubte und dass sie ihm seine Dummheit verzieh. Er gab noch einen Löffel Zucker in die Tasse und kehrte zum Sofa zurück. Lisa saß nicht mehr neben Bruno. Sie stand neben dem Sofa. Der Sessel war beiseitegerückt. Lisa hielt etwas in der Hand. Erschrocken begegnete er ihrem Blick. Sie sah ihn wütend an, und sie war weiß wie die Wand. »Was ist passiert, Lisa?«

Plötzlich liefen ihr Tränen über die Wangen, ihre Unterlippe zitterte. Er stellte seine Tasse ab und ging auf sie zu.

»Jetzt versteh ich endlich!« Sie sprach leise, aber ihre Stimme war klar. »Ihr hattet wirklich kein Interesse, mich zu finden.«

Stefan nahm ihr die Klarsichthülle aus der Hand. Die

Klarsichthülle mit dem Testament. *Meine Alleinerbin soll Elisabeth sein, die Tochter meiner verstorbenen Lebensgefährtin Ruth.*

»Lisa, du verstehst das alles falsch. Genau deshalb habe ich dich doch gesucht!« Als sie an ihm vorbeistürmte, stieß sie ihn mit der Schulter an. »Ich habe dich gesucht, weil du Pauls Erbin bist«, rief er ihr hinterher.

Sie hörte ihm gar nicht zu. Wütend riss sie ihren Mantel vom Garderobenhaken und stürmte hinaus. Stefan und Bruno zuckten zusammen, als die Tür hinter ihr ins Schloss fiel.

»Verdammte Scheiße, Bruno!«, fluchte Stefan. »Jetzt hast du zweimal dieses verdammte Testament gerettet, und dann sorgst du nicht dafür, dass es im entscheidenden Moment *nicht* auftaucht!«

Dummerweise musste Bruno seinem Menschen ausnahmsweise recht geben. Da hatte er echt gepennt. Er hatte wirklich gedacht, dass dieses verdammte Ding unter dem Sessel sicher war. Ihm war nicht aufgefallen, dass eine Ecke unter dem Sitzmöbel herausgeguckt hatte, nachdem sein Mensch dagegengestoßen war. Aber dieser Lisa war es leider sofort ins Auge gefallen.

Daisy erkannte schon daran, wie der Schlüssel ins Haustürschloss gesteckt wurde, dass etwas nicht stimmte. Und daran, wie schwerfällig die Tür ins Schloss fiel. Dann hörte sie die schleppenden Schritte auf der Treppe. Die Wohnungstür wurde aufgeschlossen, Lisa stolperte herein, knallte die Tür zu und warf sich, so wie sie war, aufs Bett. Nicht einmal die Stiefel zog sie aus. Es sah so aus, als hätte Brunos Mensch alles vermasselt. Daisy kannte das von Nina. Wenn die Streit mit ihrem Mann gehabt hatte, hatte sie auch auf dem Bett gelegen und geheult. Später, wenn sie sich etwas beruhigt hatte, hatte sie Daisy unter dem Kinn gekrault und gesagt: Er meint es nicht so. Er weiß es nur nicht besser.

Heiligabend

Als Stefan um die Mittagszeit zum Kühlschrank ging, fiel sein Blick auf Brunos Napf. Der war immer noch voll. Er sah sich um. Der Kater lag immer noch auf seiner Decke auf dem Sofa und sah aus, als hätte er sich den ganzen Vormittag über nicht bewegt. Und nichts gefressen. Das war besorgniserregend.

»Hey, Dicker, alles okay mit dir?«

Der Kater hob nicht einmal den Kopf, als Stefan vor ihm stand. Er strich ihm über das Fell.

»Was ist los mit dir? Weihnachtsblues?«

Bruno atmete schwer aus.

»Oder bist du krank?«

Der Kater rührte sich immer noch nicht. Stefan ging zum Kühlschrank und kehrte mit einer Scheibe Schinken zurück. Bruno bewegte noch nicht einmal ein Nasenloch, als ihm der köstliche Duft in die Nase stieg. Stefan legte ihm die Hand auf die Stirn. »Oder hast du Fieber?«

Nachdenklich schob er sich den Schinken in den Mund. »Es ist Heiligabend, Dicker. Und dann kommen zwei Weihnachtstage. Du darfst jetzt nicht krank sein.«

Stefan rieb sich mit den Händen über die Oberschenkel. Ihm war wirklich mulmig zumute. Der Kater sah schlecht aus, und er wusste nicht, was er machen sollte, wenn sich sein Zustand über die Feiertage noch verschlechterte. Wenn Bruno nicht fressen würde. Er holte sein Smartphone und ging auf die Seite des Tierarztes. Der hatte heute eine Notfallsprechstunde. Stefan sah auf seine Armbanduhr. Die in einer halben Stunde endete. Kurzentschlossen holte er den Katzenkorb, verfrachtete Bruno hinein, der das widerstandslos mit sich machen ließ, und band sich noch im Fahrstuhl den Schal um. Er erreichte die Tierarztpraxis zehn Minuten vor Ende der Sprechstunde.

Der Tierarzt warf wenig später einen sorgenvollen Blick auf den Kater, der kraftlos auf dem Behandlungstisch lag und auf die Ansprache des Tierarztes nicht reagierte. Der Tierarzt selbst sah ebenfalls müde aus. Nachdenklich betrachtete er den Kater, sah ihm ins Maul, tastete seinen Bauch ab und leuchtete ihm in die Augen. Die verletzten Pfoten hatte er bereits inspiziert.

»Er frisst nicht?«

»Nein, seit gestern nicht.«

»Und was war gestern?«

»Nichts mit dem Kater.«

»Sondern mit wem?«

»Wie?« Stefan sah den Arzt fragend an.

»Hatten Sie irgendwie Krach? Gab es eine Umstellung? Ist irgendetwas passiert, was jetzt in Brunos Leben anders ist?«

»Äh. Also, wir hatten uns angefreundet. Ich mit einer Frau und er mit einer Katze.«

»Aha.«

»Na ja, und gestern hatte ich Streit mit der Frau, und seitdem frisst er nicht mehr.«

Der Tierarzt hob Bruno hoch und legte ihn in den Katzenkorb.

»Können Sie nichts mehr für ihn tun?«, fragte Stefan ängstlich.

»Nein. Ich nicht. Sehen Sie zu, dass Sie das mit dieser Frau wieder auf die Reihe kriegen und dass der Kater mit der Katze zusammen sein kann. Wird ja nicht so schwer sein. Heute ist Heiligabend.« Der Tierarzt schob die Riegel des Gitters zu.

»Sie meinen, der Kater vermisst die Katze?«

Der Tierarzt reichte Stefan den Katzenkorb und schob ihn Richtung Tür. »Das müssen Sie doch am besten verstehen. Sie vermissen die Frau doch auch.« Als Stefan keine Anstalten machte, den Raum zu verlassen, schob er hinterher: »Wir schließen jetzt hier ab und gehen alle zu unserer Familie nach Hause.«

»Natürlich. Vielen Dank. Ich wünsche Ihnen frohe Weihnachten.«

Die Tierarzthelferin hinter dem Empfangstresen lehnte eine Bezahlung ab. »Wir schicken Ihnen eine Rechnung. Frohe Weihnachten.«

Und dann stand Stefan auf dem Gehweg, den Katzenkorb in der Hand. Hinter ihm wurde die Tür der Praxis abgeschlossen. Zu allem Überfluss begann es wieder zu schneien, und es waren nur noch wenige Menschen unterwegs. Sogar der Verkehr war weniger geworden. Noch nicht einmal, als Sabine ihn verlassen hatte, war er so einsam gewesen. Rechtzeitig zu diesem Weihnachtsfest hatte er es sich mit seinen Geschwistern und mit der Frau, die er liebte, verscherzt. Und dass er Lisa liebte, das war ihm eben schmerzlich bewusst geworden. Und ausgerechnet der Tierarzt hatte die Diagnose gestellt.

Michael Offenstein schrak aus dem Mittagsschlaf hoch, als er Geräusche im Café hörte. Heute war Heiligabend, und sie hatten geschlossen. Eigentlich dürfte sich niemand unten aufhalten. Er warf die Wolldecke beiseite und sprang vom Sofa. Möglicherweise hatte sich jemand unberechtigt Zugang zum Café verschafft. Er schloss die Gürtelschnalle. Es gab zwar nichts zu stehlen, aber das schreckte die Einbrecher ja auch nicht ab. So leise es ging, lief er die Treppe hinunter und öffnete dann vorsichtig die Tür. Im Gastraum war nichts zu sehen, auch die Kasse auf dem Kuchentresen schien unberührt. Die Geräusche schienen aus der Küche zu kommen. Die Küchentür gab ein leises Quietschen von sich, als er sie aufschob.

»Herrgott! Was machen Sie da? Wir haben geschlossen!« Er schob die Tür weiter auf.

Lisa hielt in der Bewegung inne, den Schneebesen in der Luft, mit der anderen Hand hielt sie die Schüssel mit dem Eischnee.

Offenstein kam näher. Neugierig betrachtete er die Utensilien auf der Arbeitsfläche. »Was um alles in der Welt tun Sie hier?«

»Ich …« Ihr liefen die Tränen über die Wangen.

Offenstein legte ihr die Hand auf den Arm. »Was ist denn los? Ist es wegen des Trauerfalls?«

»Nein, ja, auch.«

»Es tut mir leid, wenn ich Sie ständig mit der Arbeit hier überfordere, aber das ist doch kein Grund, dass Sie hier heute auch noch backen.« Er sah sie fragend an. »Backen Sie auf Vorrat?«

Lisa schüttelte den Kopf.

»Weshalb weinen Sie denn?«

Lisa schlug die Hand vors Gesicht, und Michael Offenstein verstand nur Erik, Alexander und Stefan.

»Drei Männer?« Er kratzte sich am Kinn. »Herrje!«

»Nur zwei«, schniefte Lisa.

»Na, dann ist es ja nur halb so schlimm«, versuchte Offenstein zu scherzen.

Gegen ihren Willen musste Lisa lächeln. Sie deutete auf die Teigschüssel. »Das ist Erik.«

»Tatsächlich? Und wer sind dann Alexander und Stefan?«

Lisa zog ein Taschentuch aus der Hosentasche und schnäuzte sich. »Die sind nicht da.«

»Was ist das für eine Torte?« Offenstein inspizierte die Schalen und Tüten mit den Zutaten.

»Ein altes Rezept meiner Großmutter. Sie hat sie immer Wikingertorte genannt, weil sie mit Buchweizenmehl gebacken wird. Ich habe sie verfeinert. Der Boden wird mit Eischnee aufgelockert, und zwischen die beiden oberen Böden kommt eine Buttercreme, Preiselbeeren in die Mitte und zwischen die beiden unteren eine Schokoladencreme. Mit Sahne umhüllen und einen Klecks Preiselbeeren in die Mitte. Und bei mir heißt die Torte Erik.«

»Klingt gut.« Offenstein griff nach einer anderen Schüssel. »Darf ich Ihnen helfen?«

Während die Böden im Ofen buken, rührte Lisa die Buttercreme, Herr Offenstein hatte sich an die Schokoladenfüllung gemacht. Schweigend arbeiteten sie nebeneinanderher. Während Lisa die Torte fertigstellte, kochte Herr Offenstein Kaffee und deckte einen der Tische im Café. Als Lisa die Erik-Torte auf den Tisch stellte, zündete Herr Offenstein eine Kerze an.

»Wie geht es Ihrer Mutter?«, fragte Lisa.

»Gut, dass Sie das Thema ansprechen«, sagte Offenstein, als er seine Tasse abstellte. »Meiner Mutter geht es nicht gut, und ich muss den Tatsachen allmählich ins Auge sehen. Es geht nicht mehr. Und es tut mir leid, dass ich Sie so im Unklaren gelassen habe und Sie mit Ina den Laden allein schmeißen mussten.«

Lisa schnitt die Torte und gab jedem ein Stück auf den Teller. »Ehrlich gesagt war ich kurz davor, gleich alles hinzuwerfen.«

»Verstehe ich.«

Offenstein stach ein Stück Kuchen mit der Gabel ab. »Hm, sehr lecker.« Er nahm noch ein Stück. »Sie ist eine alte Dame, aber das Café ist ihr Leben. Deshalb habe ich eine endgültige Entscheidung immer hinausgeschoben. Aber sie braucht Hilfe. Pflege von außen lehnt sie ab, und ich kann nicht beides: hier im Café stehen und oben bei ihr sein. Deshalb habe ich eine Mitarbeiterin gesucht.« Er lächelte sie freundlich an. »Und Sie gefunden. Ina allein hätte es hier in der vergangenen Woche nicht geschafft, außerdem kann sie nicht backen.« Er nahm noch ein Stück Torte. »Sehr lecker. Frau Kampmann, es ist zwar nicht die Zeit und nicht der Ort, aber ich wollte ohnehin etwas mit Ihnen besprechen, und vielleicht ist Heiligabend doch gerade der richtige Tag dafür.«

Ganz kurz sank Lisa das Herz in die Hose. Herr Offenstein war ein netter Kerl, aber das auch nur in seiner Eigenschaft als Chef. Sie hoffte nicht, dass er ihr einen Heiratsantrag machen wollte.

Herr Offenstein sah sich um. »Dies ist das Lebenswerk meiner Eltern. Sie waren noch sehr jung, als sie das Café eröffnet haben. Und als es nach zehn Jahren ein Erfolg war, starb mein Vater. Ich war damals noch sehr jung und hatte gerade zu studieren begonnen.« Er spielte mit seiner Kuchengabel. »Ich bin ein Einzelkind. Damals habe ich es nicht übers Herz gebracht, meine Mutter im Stich zu lassen. Sie hätte das Café schließen müssen, denn allein hätte sie es nicht geschafft, und für ausreichend Personal reichten die Einnahmen nicht.«

»Also haben Sie Ihr Studium aufgegeben.«

Er grinste. »Ich habe mein Studium aufgegeben und angefangen, Kuchen zu backen. Das war bis dahin wirklich nicht mein Steckenpferd. Ich mochte keinen Kuchen. Es war mir zuwider, den Finger in den Teig zu stecken, um ihn zu probieren.«

»Kuchenteigphobie. Kannte ich bisher nicht«, stellte Lisa fest. »Interessant.«

»Hab ich erfolgreich bekämpft. Aber ehrlich gesagt, wenn ich meine Backkünste mit Ihren vergleiche, schäme ich mich für die letzten Jahre.«

»Vielleicht liegt es daran, dass Cafés, Torten kreieren, Kekse backen und alles, was damit zusammenhängt, mein Leben sind. Meine Großmutter war eine begnadete

Bäckerin. Sie hat sehr viel gebacken, und ich habe bei ihr hospitiert. Seitdem trage ich das Back-Virus in mir. Das Grundrezept von Erik hat sie erdacht, und ich habe es weiterentwickelt.« Lisas Miene wurde finster.

»Stimmt was nicht mit dem Rezept?«, fragte Herr Offenstein irritiert.

»Nein, mir fiel nur gerade etwas ein.« Nachdenklich betrachtete Lisa ihren neuen Chef. Er hatte eine Erklärung für ihren Ausbruch verdient und für ihr Gestammel mit den Männernamen. »Ich habe in den vergangenen Jahren in mehreren Cafés gearbeitet, und in einem wurde mir das Rezept für Erik vom Sohn der Inhaber sozusagen entwendet.«

»Verstehe. Und dieser Sohn war für Sie nicht nur der Sohn der Inhaber.«

»Nein. Er hat mich außerdem mit der Kellnerin betrogen.«

»Und das war Stefan.«

»Nein, Alexander.«

»Aha. Und wer ist dann Stefan?«

Lisa seufzte.

»Scheint akut zu sein«, stellte Herr Offenstein fest, als er sah, wie Lisa die Tränen in die Augen stiegen. Er erhob sich und verschwand hinter der Kuchentheke, um mit einer Flasche Kirschwasser und zwei Gläsern zurückzukehren. Er schob Lisa ein volles Glas hin. »Hier. Hilft gegen Magenverstimmung und Herzschmerz.«

Lisa kippte den Inhalt des Glases in einem Zug herunter und rang dann nach Luft.

»Tja.« Herr Offenstein lachte. »Der hat es in sich. Die weiblichen Gäste reißen mir das Zeug förmlich aus den Händen.« Er schenkte Lisa beherzt nach.

Sie drehte das Glas in den Händen. Es kam ihr komisch vor, mit einem Mann über ihren Liebeskummer zu sprechen, zumal mit ihrem Chef, aber es war nun einmal niemand anders da. Am Heiligabend. Und sie war mutterseelenallein. Als Nina am Morgen wie angekündigt noch einmal nachgefragt hatte, ob Lisa nicht den Heiligabend mit ihnen verbringen wolle, hatte sie tapfer abgelehnt. Die Tränen liefen ihr über die Wangen, und sie nahm schniefend das Taschentuch entgegen, das Herr Offenstein ihr reichte.

»Ich dachte, er wäre der Richtige. Er wäre ehrlich, und er würde es gut mit mir meinen. Wir hätten gut zusammengepasst, und wir haben beide eine Katze.« Sie brach erneut in Tränen aus.

»Und jetzt hat er sie betrogen? Mit wem?«

»Na ja, nicht richtig betrogen. Also nicht mit einer Frau. Er hat mir etwas verschwiegen.«

»Warum hat er es Ihnen verschwiegen?«

»Er sagt, er wusste nicht, dass ich es bin.« Lisa warf Herrn Offenstein einen Blick zu. »Verstehen Sie?«

»Ehrlich gesagt nein.«

»Er wusste nicht, dass ich die im Testament genannte Erbin bin, nach der er gesucht hat. Obwohl wir schon seit Wochen Kontakt haben.«

»Und das kann nicht stimmen? Steht im Testament: Erbin ist Elisabeth Kampmann mit Adresse und allem?«

»Wie?« Lisa zog die Nase hoch. »Nein, eigentlich nicht. Da steht: *Meine Alleinerbin soll Elisabeth sein, die Tochter meiner verstorbenen Lebensgefährtin Ruth.*« Diese Worte standen ihr so klar vor Augen, als hätten sie sich ihr in die Netzhaut eingebrannt.

»Mehr nicht?«

Lisa schüttelte den Kopf.

»Macht er das beruflich? Erben suchen, meine ich?«

»Nein, er ist Architekt.«

Offenstein nickte. »Und kannte er Sie? Kannte er Ihren Namen, wusste er, dass Sie die Tochter dieser Ruth sind?«

»Also, wir waren damals noch sehr klein, und mich kennt er nur unter dem Namen Lisa. Und …« Sie sah Offenstein aus tränenverschleierten Augen an. »Ich weiß nicht, ob ich ihm glauben kann.«

»Grundsätzlich erst mal ja. Wenn es keinen Anhaltspunkt dafür gibt, dass er Sie betrügen will, können Sie ihm glauben. Sie müssen auch in Betracht ziehen, dass Männer manchmal eine sehr lange Leitung haben. Wenn Sie nicht sogar drauf stehen.« Er grinste. »Und ich weiß, wovon ich spreche.«

Eine Erinnerung kehrte zurück. Damals, als sie mit Stefan beim Italiener gewesen war, hatte er gesagt, dass seine Geschwister einfach nur raffgierig seien und dass sie sich um eine Erbschaft streiten würden. Und dass er das so furchtbar fände, weil derjenige, um dessen Nachlass es geht, sich nicht mehr zu Wort melden könne. Lisa glaubte nicht, dass Stefan sie damals angelogen hatte. Und wenn er diese Sache vor ihr hätte geheimhalten wollen, hätte er ihr wohl nicht von der Erbschaft erzählt. Lisa sah Herrn Offenstein an.

»Na? Hab ich vielleicht recht?«

»Ja, vielleicht.« Lisa rutschte auf ihrem Stuhl hin und her. »Es tut mir leid, dass ich Ihnen hier an Heiligabend etwas vorheule.«

»Oh, das ist schon in Ordnung. Dabei fällt mir ein, ich wollte Ihnen eigentlich ein Angebot machen. Was halten Sie davon, wenn Sie das Café pachten und alleine führen? Ich traue Ihnen das durchaus zu, und wir würden uns schon über eine angemessene Pacht einigen können. Und ich kann Ihnen versichern, dass die Einnahmen recht gut sind.« Er betrachtete nachdenklich seine Hände. »Vermutlich werden sie sogar höher, wenn Sie den Laden betreiben.«

Lisa sah ihn stumm an.

»Ich meine das ernst. Und Sie können hier auch nach Herzenslust Veränderungen vornehmen. Ich habe schon bemerkt, dass Ihnen die Einrichtung nicht zusagt, und diese Sache mit der Schwingtür muss auch mal geändert werden. Also bauen Sie hier gern um, wenn Ihnen danach ist. Wir können auch darüber sprechen, dass ich mich an den Kosten beteilige.«

Als Lisa keine Reaktion zeigte, sah er sie aus zusammengekniffenen Augen an. »Keine gute Idee?«

»Doch. Ich weiß nicht.«

Herr Offenstein legte ihr die Hand auf den Unterarm. »Das ist heute alles ein bisschen viel für Sie. Packen Sie mal Ihren restlichen Erik ein, und gehen Sie zu Ihrem Stefan. Dann sprechen Sie in Ruhe mit ihm. Und die Dinge kommen wieder in Ordnung.«

Lisa seufzte. »Ich werde schnell noch die Küche aufräumen.«

»Nein, das mache ich. Sie drücken sich jetzt nicht länger um diese Sache mit Ihrem Stefan herum.« Herr Offenstein erhob sich und sah auf sie herunter. »Sie lieben ihn, das sehe sogar ich, und mir scheint, zwischen Ihnen liegt nur ein Missverständnis vor. Und wegen eines Missverständnisses sollten Sie eine vielversprechende Beziehung nicht aufs Spiel setzen.« Diesmal war er es, der seufzte. »Und auch da weiß ich, wovon ich spreche.«

Lisa zitterte am ganzen Leib, als sie ihren Mantel anzog. Herr Offenstein schob sie sanft vor die Tür, wünschte ihr ein gesegnetes Fest, und dann stand sie ganz allein in der menschenleeren Fußgängerzone. Alle Geschäfte waren geschlossen, und der Weihnachtsmann unter der großen Tanne war bereits gegangen. Er hatte zu tun, musste die Geschenke in die Familien bringen.

Lisa sah in den sternenklaren Himmel. Über ihr Gespräch mit Herrn Offenstein war es dunkel geworden. Sie zog die Kragenrevers zusammen und machte sich auf den Heimweg. Mit schweren Schritten stieg sie die Treppe zu ihrer Wohnung hinauf. Sie war so froh, dass Daisy auf sie wartete. Mit Stefan konnte sie nicht gleich sprechen. Sie musste erst mal nachdenken über das, was Herr Offenstein gesagt hatte. Ob es wirklich sein konnte, dass Stefan nicht bemerkt hatte, dass sie es war, die er die ganze Zeit angeblich gesucht hatte. Sie würde es so gerne glauben, weil ihr das Herz wehtat, wenn sie daran dachte, dass er sie so gemein betrogen haben sollte.

Daisy erwartete sie im Flur. Lisa hob sie hoch und drückte ihr Gesicht in das seidige Fell der Katze, die den Gefühlsausbruch etwas pikiert über sich ergehen ließ.

Als Lisa sie auf den Boden zurücksetzte, putzte Daisy sich das tränennasse Bauchfell. Ihre Menschin, die üblicherweise Mantel, Stiefel und Mütze im Flur auszog, wenn sie nach Hause kam, tat nichts dergleichen, sondern setzte sich, so wie sie war, auf das Sofa und starrte diesen Baum im Wohnzimmer an. Daisy blieb in der Tür stehen und legte sich den Schwanz um die Füße. Das war nicht normal, außerdem kannte sie es so, dass man diese roten Dinger am Baum in Brand setzte. Aber ihre Menschin machte keine Anstalten, dergleichen zu tun. Außer dass ihr Tränen über die Wangen liefen, schien sie nichts weiter unternehmen zu wollen. Die Dinge liefen nicht gut. Daisy würde gern wieder Zeit mit Bruno verbringen, und wenn sie die Sache richtig einschätzte, würde Lisa gern Zeit mit Stefan verbringen, mit dem sie aber irgendeine Auseinandersetzung hatte, die Daisy nicht verstand und für völlig überflüssig hielt. Also blieb die Sache mal wieder an ihr hängen. Daisy dachte kurz nach, dann fiel sie um.

In Lisas Kopf purzelten die Gedanken nur so durcheinander. Herr Offenstein hatte ihr das angeboten, was sie schon mit Stefan geplant gehabt hatte, und wenn sie tatsächlich etwas erben würde, hätte sie sogar Geld dafür, endlich ein eigenes Café zu eröffnen. Plötzlich aus heiterem Himmel wurde ihr Traum wahr, und sie war weit davon entfernt, sich zu freuen. Sie musste ihre Gedanken sortieren, am besten besprach sie die Sache mit Nina, die würde wissen, was zu tun war.

Erst als sie das Handy aus der Manteltasche gezogen und auf das Datum im Display sah, fiel ihr wieder ein, dass Heiligabend war. Natürlich konnte sie Nina jetzt nicht anrufen. Die hatte mit ihrer Familie nun wirklich genug zu tun. Lisa zog sich die Mütze vom Kopf, so dass ihre Haare abstanden. Als Erstes musste sie sich beruhigen. Einen Plan machen. Mantel ausziehen, Stiefel ausziehen, Kerzen anzünden, Tee kochen, nachdenken.

Ihr Blick fiel auf Daisy. Daisy, die in der Tür lag. Auf der Seite, alle viere von sich gestreckt, die Augen geschlossen.

Von Panik erfasst sprang Lisa auf und stürzte zu der Katze. Hektisch berührte sie den schlaffen Katzenkörper überall, aber Daisy rührte sich nicht. Auch als sie ihren Kopf anhob, öffnete sie nicht einmal die Augen. »O Gott, Daisy, ich hab vergessen, heute Morgen mit dir zum Tierarzt zu gehen! Dein Insulin, und jetzt ist es schon fast Abend.« Lisa legte ihre Hand auf den Bauch der Katze. Immerhin atmete sie noch. Sie stürzte zum Sofa, nahm die Decke und wickelte die Katze darin ein, dann lief sie in die Küche, nahm die Insulinampulle aus dem Kühlschrank und steckte sie zusammen mit einer Spritze in die Manteltasche. Mit der Katze im Arm lief sie die Treppe hinunter, stieg ins Auto und fuhr mit überhöhter Geschwindigkeit los.

Bruno war unzufrieden. Sein Plan war nicht aufgegangen. Nicht einmal auf die Gewohnheiten der Menschen war noch Verlass. Er hatte so sehr gehofft, dass er heute beim Tierarzt auf Daisy treffen würde, aber sie und ihre Menschin waren nicht dagewesen. Und dafür hatte er seit gestern gedarbt. Das war ein noch größeres Opfer als diese ewigen Unfälle. Ihm knurrte furchtbar der Magen, und mit geschlossenen Augen träumte er von Braten, Lachshappen und Schüsseln voll Sahne. Es war wirklich die Frage, ob es sich weiter lohnte, diesen Hunger auf sich zu nehmen, denn soweit er den Tierarzt verstanden hatte, lag es jetzt an seinem Menschen, die Dinge in Ordnung zu bringen. Damit war allerdings eher nicht zu rechnen.

Seit sie vom Tierarzt zurückgekehrt waren, saß sein Mensch an seinem Schreibtisch und seufzte in regelmäßigen Abständen. Sorgen schien er sich nicht mehr um ihn zu machen, wenn er ihn nicht sogar ganz vergessen hatte. Bruno war eben so weit, den Hungerstreik zu unterbrechen, als sein Mensch plötzlich wie von der Tarantel gestochen von seinem Schreibtischstuhl aufsprang, in seine Stiefel stieg und den Mantel vom Haken nahm. Bruno hob den Kopf, als er die Wohnungstür aufriss und verdattert »Lisa!« rief.

Lisa bedeutete möglicherweise, dass Daisy nicht weit war. Bruno glitt vom Sofa und ging in den Flur. Ängstlich sah er zu, wie Lisa eine Decke auf den Boden legte und den Blick auf den schlaffen Körper von Daisy freigab. Er hörte überhaupt nicht zu, was die beiden Menschen hektisch miteinander redeten. Sie redeten ständig durcheinander, während Bruno vorsichtig neben Daisy herantrat und sie beschnupperte. Er konnte nichts Auffälliges bemerken. Er wechselte auf die andere Seite und stupste seine Nase gegen ihre. Daisy öffnete kurz ein Auge, blinzelte ihm zu und schloss es dann wieder. Kluge Katze! Bruno trat einen Schritt zurück, um die Menschen machen zu lassen.

Mit zittrigen Fingern zog Lisa die Spritze auf, während sie immer wieder jammerte, dass sie am Morgen völlig vergessen hatte, noch einmal den Tierarzt aufzusuchen und es alles nur ihre Schuld sei. Als sie Stefan die Spritze reichte, berührten sich ihre Hände kurz, und sie sahen sich einen Moment in die Augen, ehe Stefan sich wieder auf die Katze konzentrierte. Vorsichtig stach er die Spritze in eine Bauchfalte und schob den Kolben langsam in den Hohlraum. Er zog die Spritze heraus und betrachtete die Katze einen Augenblick. Lisa sah ängstlich von ihm zu Daisy, die langsam die Augen aufschlug. Etwas kraftlos hob sie den Kopf und sah dann zu ihrer Menschin hinüber, die sie mit Tränen in den Augen hochhob und herzte.

»Danke«, sagte Lisa zu Stefan.

»Komm, wir legen sie aufs Sofa auf Brunos Decke. Du hast doch nichts dagegen, Bruno?«

Der Kater folgte ihnen zum Sofa und sprang dann hoch, um sich neben Daisy auf die Decke zu legen. Jeder streichelte seine Katze, und dabei berührten sich wieder ihre Hände.

»Du hast ihr das Leben gerettet.«

»Ich habe ihr eine Spritze gegeben«, sagte Stefan und sah nachdenklich Bruno hinterher, der vom Sofa glitt und zu seinem Napf hinüberging. Schmatzend verputzte er all die Leckereien, ehe er zum Sofa zurückkehrte und sich wieder neben Daisy legte.

»Es ging Bruno nicht gut«, erklärte er Lisa. »Ich war heute sogar mit ihm beim Tierarzt, weil er nicht gefressen hat, seit …« Stefan nahm Lisas Hand. »Es tut mir so leid, Lisa. Dass ich so ein Idiot war, und dass ich so …« Er rang nach Worten.

»Eine lange Leitung hatte?«, schlug Lisa lächelnd vor.

»Genau. Ich hab einfach nicht kapiert, dass du Elisabeth bist.« Er strich ihr über die Haare. »Dabei haben wir früher zusammen gespielt, kannst du dich erinnern?«

»Nur sehr dunkel. Ich fand deine Geschwister ganz schrecklich.«

»Ich finde sie heute immer noch schrecklich.«

Sie lachten.

Stefans Magen knurrte. »Es geht mir wie Bruno. Ich hab heute noch nichts gegessen.«

»Ich hab noch Reste von Erik unten im Auto.«

Es dauerte einen Augenblick, ehe Stefan sie verstand. »Erik, der Wikinger. Bring ihn hoch.«

Als Lisa mit der Torte zurückkehrte, hatte Stefan die Kerzen am Baum angezündet. Lisa legte jedem ein Stück Torte auf den Teller, und Stefan stellte zwei Tassen Espresso hin. Und dann erzählte Lisa ihm von ihrem Gespräch mit Herrn Offenstein.

Stefan betrachtete Lisa, die auf dem Sofa eingeschlafen war. Sie hatten sogar wieder miteinander gescherzt, und Lisa hatte sich über seine Liste von Katzenmerksätzen an der Kühlschranktür amüsiert. Jetzt lag sie auf der Seite, den Kopf auf der Armlehne. Er hatte sie mit der karierten Decke zugedeckt, und es hatte nicht lange gedauert, bis die Katzen sich zu ihr gesellt hatten. Daisy lag auf ihrer Hüfte, die Vorderpfoten untergezogen, und schien über Lisas Schlaf zu wachen. Bruno hatte jeglichen Katerstolz vergessen und sich in Lisas Armbeuge gekuschelt. Sein zufriedenes Schnorcheln und Schnarchen waren die einzigen Geräusche im Raum.

Es war spät geworden, die Kerzen am Baum waren fast heruntergebrannt. Stefan konnte sein Glück nicht fassen. Noch am Mittag, vor der Tierarztpraxis, hatte er sich so verloren und einsam gefühlt und jetzt? Jetzt fühlte sich alles richtig an. Lisa hatte ihn verstanden, sie würde bei ihm bleiben, aber die Auseinandersetzung mit ihr hatte ihm auch gezeigt, dass er seine Position noch klarer gegenüber seinen Geschwistern vertreten musste und keineswegs ins Schwanken geraten durfte. Er war froh, dass er stark geblieben war und Pauls Letzten Willen verteidigt hatte. Sein Blick wanderte zu Bruno, der tief und fest zu schlafen schien. Vielleicht träumte er von Mäusen, denn seine linke Vorderpfote zuckte hin und wieder. Wenn der Kater nicht gewesen wäre, hätte die Geschichte ohnehin eine andere Wendung genommen. Das war ihm inzwischen klargeworden. Bruno hatte sich in Pauls Haus damals nicht zufällig auf das Testament gelegt, und er war auch nicht zufällig immer dann in seiner Nähe aufgetaucht und hatte ihn aus seinen unergründlichen Augen angesehen, wenn Stefan kurz davor gewesen war, Sybille gegenüber nachzugeben. Und von wegen Telefonphobie. Seine Unfälle hatte Bruno doch genau getimt, um Begegnungen mit Lisa und Daisy beim Tierarzt zu provozieren. Davon, dass dieser Kater zu derartigen geistigen und körperlichen Meisterleistungen imstande war, ahnte man im Augenblick allerdings nichts. Jemand könnte den Tannenbaum neben ihm stehlen, und Bruno würde nicht einmal ein Auge öffnen. Stefan bezweifelte, dass es für dieses Phänomen unter den 32 900 000 Einträgen im Internet eine wissenschaftliche Erklärung gab. Eine Sache gab es da allerdings noch. Sein Blick wanderte zum Schreibtisch. Er ging hinüber und zog die Schublade auf. Nachdenklich betrachtete er den Brief seines Vaters an Paul. Dreißig Jahre alt und bis heute ungelesen. Er nahm den ungeöffneten Umschlag in die Hand. Absender und Empfänger lebten nicht mehr. Sie hatten dreißig Jahre nicht mehr miteinander gesprochen und waren im Streit von dieser Welt gegangen.

Stefan nahm den Brieföffner, schob ihn an der Ecke unter die Lasche und schlitzte den Umschlag auf. Es war nur ein Blatt darin, beschrieben mit wenigen Sätzen in der geraden Handschrift seines Vaters. *Lieber Paul, ich wäre froh, wenn wir den Streit beilegen könnten. Über die Entscheidung unseres Vaters, Dir alles zu vererben, bin ich immer noch nicht glücklich, aber ich werde sie akzeptieren. Ich möchte nicht, dass diese Sache weiter zwischen uns steht. Dein Bruder.* Stefan faltete den Brief wieder zusammen und steckte ihn zurück in den Umschlag. Tränen stiegen ihm in die Augen. Sein Vater war über seinen Schatten gesprungen und hatte Paul ein Friedensangebot gemacht – das dieser nie zur Kenntnis genommen hatte. Vermutlich hatte Paul nicht damit gerechnet, dass sein Bruder auf ihn zugehen würde, und hatte eher mit Forderungen und Beschimpfungen gerechnet. Stefans Vater hatte nie eine Antwort erhalten. Und so hatte jeder vom anderen gedacht, dass er nicht bereit sei, den Streit zu beenden. Paul hatte den Brief aufbewahrt. Die

Frage war nur, ob er ihn einfach vergessen oder das Lesen auf später verschoben hatte.

Stefan legte den Brief zurück und schob die Schublade zu. Gleich morgen würde er Sybille und Peter anrufen.

Epilog

Seine Ohren drehten sich Richtung Tür. Im Haus herrschte wieder eine ziemliche Unruhe, aber diesmal beunruhigte Bruno der Trubel nicht. Sie hatten eine Menge vor, soviel verstand er. Sein Mensch hatte große Pläne. Er lief im ganzen Haus umher, und Bruno verstand die Worte Küche, Bad, streichen und tapezieren. Klang nach ziemlich viel Ungemach. Es würde sich viel verändern, damit hatte er sich bereits abgefunden. Aber etwas war ihm geblieben: sein Platz auf der Decke auf der Fensterbank. Vor dem leicht zugigen Fenster, unter ihm die aufsteigende warme Heizungsluft. Und vor dem Fenster fielen leise Schneeflocken zu Boden. Und noch etwas war anders. Bruno rückte etwas dichter an das seidige cremefarbene Fell heran. Der warme Körper neben ihm vibrierte leicht, als Daisy zu schnurren begann. Aber das war eine äußerst angenehme Veränderung. Mit der konnte er sehr gut leben.